译文经典

浪子回家集

Le Retour de l'Enfant Prodigue

André Gide

〔法〕纪德 著

卞之琳 译

上海译文出版社

目 录

译者序

这六篇文字，像散文诗，像小说，像戏剧，就不像作者纪德(André Gide)统称为的“专论”（Traités），译为“解说”也还有点勉强(我是借用了日本名词俾在中文里稍别于“解释”)，说作者骗人吧，实又不然。不管缤纷的外观，这些文字的重点是在思想或观念。奥义的表白方法最完美的无过于托诸象征，使言筌也还成为结晶。“一点神话本来就够了。”作者在首篇《纳蕤思解说》的开头就说了。这里作者所处理的就都是希腊和《圣经》的神话、传说，或寓言。以象征诠解象征，书中有书，画中有画，层层叠叠，意味百出，结果又难免使读者眼花缭乱。剥蕉的过程自有其价值，在这种步步象征的场合；把蕉心剥出了给读者，实是剥夺了读者。看蝴蝶的全貌决不可解除它的翩跹而把它钉住了。可是，虽然祭司的职位非敢擅代，我们也尽有义务鼓励读者的勇气，使他们知道这些缤纷的外表底下并非无物。

第一篇《纳蕤思解说》的副标题“象征论”实在名副其实。纳蕤思想认识自己的美，去时间的河上临流而想起了乐园。这里的乐园也就是柏拉图的观念世界，那是完整的，那是结晶的，那里的一切都是象征。作为正中心的亚当不安于坐观，想参加大观，证见自己，一动就破坏了和谐，失去了乐园，撩起了时间。于是人类和一切都努力想恢复完整，恢复乐园。结晶的境界达到了，可是马上又给自私心摧毁了，重失去乐园，一切又得重新来。诗人该在那里观看，透入形象以下去抓住核心，给予它一个乐园的、结晶的形体。“艺术品是一个结晶——一部分的乐园”，那里的一言一语都是“透明而能以启迪”的象征。象征的过失是偏重自己而不显示真理，即以辞害意。用象征的说法，纳蕤思对自己的美貌动了欲念，想法俯下水去吻它，就失去了水中的幻影；平静而远观了，他就又感觉到通过自己的象征世界。

《恋爱试验》或《浮念解说》，就故事而论，无非是：路克与拉结相遇于春天，互相爱悦，彼此结合了，过了整个幸福的夏天，到秋天感到了爱情的餍足，各自“梦想了新的东西”，“没有眼泪也没有微笑地”分了手。意义显然：欲念的满足只是落空。对“夫人”或“妹妹”讲这个故事的，讲到后来连自己都厌倦了，起身走了，直到冬天才想比路克和拉结要不同地，较好地一同来续下故事，而在炉边听“妹妹”指出教训：不要把路上的障碍当作目标，而要超越它们，作为惟一的目标而从每件东西里发现神。

《假先知解说》里的爱尔·阿虔本只是市井的说故事人，被一群人民带出去，追随一位王，在沙漠里辗转跋涉，而寻觅虚无缥缈的什么目的地。王永远深藏在所乘的轿子或所歇的篷帐里，叫谁都看不见。爱尔·阿虔走久了，就在娱人自娱的唱诗中，给跋涉造出了豪华的前途，自夸他可见王，绝望中渴求见王而终得赐见。他的幻想居然全符王旨，而且仿佛要装进什么就是什么。他就成了王与人民之间的传达人。可是他只爱了王，忘记了人民，忘记了显示王旨。确信渐失，只靠接近王而重振，于是他更只想接近王。他自己愈动摇愈想接近王，王也就愈弱愈委顿。最后王死了，他瞒过了人民，就用谎骗，用威吓把他们从沙漠里领回了城市。信心死了，谎言代起，却只能领导向后转了。

《菲洛克但德》里的“三种道义”是奈欧浦多伦代表的怜悯或人道，宇荔士代表的国家观念和菲洛克但德代表的超越自己的德行。在希腊英雄远征特洛伊的路上，菲洛克但德因落脚一个孤岛，被毒蛇所伤，由自己的苦楚袭占了，既不能一意矢忠国家，呻吟且有折全军的士气，而被统领们抛下在那里，靠他自己的弓箭生活。希腊英雄们为了打下特洛伊，一切代价都付了，如今欲竣全功，就还差最后一种德行，就是要菲洛克但德贡献出他的弓和箭。宇荔士来计取它们，怕菲洛克但德的怀恨，就带了年轻无邪的奈欧浦多伦来做掩护的工具。这个青年人知道了这个不义的诡计，愤然行德，违背了宇荔士，把交给他催眠菲洛克但德的一小瓶药物拿出来，结果反而让菲洛克但德自动抢饮了，让宇荔士感服而命令奈欧浦多伦拿走了弓箭。由于牺牲，菲洛克但德不为什么而达到了凌驾自己的高度。

《白莎佩》的观念是别人的幸福不可强夺。大卫王夺了他手下的忠勇大将乌利亚的夫人，却大为失望。白莎佩尽管可爱，从她和丈夫以及家庭环境的配合中单独挑出来了，却并不能使大卫王得到他所嫉妒的幸福。他反而永远被悔恨所苦了，因为他既不能把白莎佩原封奉还，而且已经把乌利亚打发到危险的战阵而陷害死了。

最后一篇《浪子回家》，在真切地表现了一个熟悉的回到传统的题材以外，如有什么特别新奇的地方，那就是弟弟的接着就出去，东西带得更少，地方可能走得更远。

把各篇的内容要旨琢磨了一下过后，我们看得出这六篇文字凑在一起，除了名义上都称为解说，形式上合备了文学作品的各格——头两篇像美文（belles-lettres）或散文诗，第三、第六两篇像小说，第四篇像戏剧，第五篇像自由体诗剧——也并非全出于偶然，而自有其互相贯通的意义。《纳蕤思解说》与《恋爱试验》，前者说明了自我之不可偏重，显示真理为第一要义；后者说明了障碍之不可认为目的，发现一切事物底下的神性为惟一终极，一而二，二而一地表彰了不执著的德行。不执著的德行又在《爱尔·阿虔》里反证了一下，假先知迷恋了王而忘记对人民宣达王旨，终毁了真信念。这贯穿到第四篇里，我们也就看见了菲洛克但德如何在被抛弃所在的孤岛上无所为而为地抛弃了最后的弓和箭而超越了自己。相反的，在第五篇里，大卫王进一步想侵占人家的幸福而犯下了一连串的害人害己的过失。这两篇小戏剧对照得极妙。菲洛克但德一行美德，另两种道义，奈欧浦多伦所代表的怜悯和宇荔士所代表的爱国心，也同时完成了。大卫王一动私欲，就什么都差了。抛弃不是消极的，实有积极的作用。甚至到最后一篇里，浪子和他的弟弟不抛弃家也就出不去。

《浪子回家》里的回来或重来的观念，跳过了其前的两篇小戏剧，又可以回溯上去，贯穿着头三篇。爱尔·阿虔知道王虽死了，人民虽然回到了城市，王的弟弟却大起来了，将会同另一群人民重开始相仿的历程。这个回来或重来的观念在《恋爱试验》里虽然不明显，可也隐含在内。路克与拉结在终于分离以前，一块儿出去了又回来了许多次；路克讲给拉结听的故事里，两个骑士分头出去了又回到一起了。要讲“四季与灵魂的关系”就免不了涉及回来或重来。而在《纳蕤思解说》则正是“讲了重新讲”乐园的永远重失去与重造，真不啻列在卷首第一篇的绪论。

这篇写在 1890 年也就是在纪德二十二岁的《纳蕤思解说》

也本该搁在卷首的，若讲各篇按写作年代的排列。这本书也确乎照年代排列的，除了最后一篇《浪子回家》与最后第二篇《白莎佩》的先后颠倒。《浪子回家》写在1907年，《白莎佩》发表于1912年，也就是各篇成集出版的一年，但起稿在先亦未可知。差不多二十年的时间里，纪德在这本书的各篇里是否也永远旧调重弹呢，还是也表现了一点演变与进展？纪德写头几篇解说的时候，正还是跟瓦雷里辈年轻人出入玛拉美门下的时期，这位大师的影响在他的笔下也看得出。《纳蕤思解说》尤其明显地标出了遗世独立的玛拉美式的隐逸主义，以其诗人只应远观的说法（纪德在这里把美学与伦理学的说法打成了一片）。纪德当时的主张是高瞻远瞩，出而不入。《恋爱试验》虽然还是主张不去满足欲念，因为那是浮念，却已经借路克与拉结而在"昨夜西风凋碧树"的秋天表现了"望断天涯路"的想望，尽管还是玛拉美《海风》式的向往。讲故事的也"梦想了旅途的幸福"。不管怎样，大家终于上路了——也可以说是入了。拱卫在与这个问题不大相涉的《菲洛克但德》与《白莎佩》前后的爱尔·阿虔与浪子，则遥遥相应的都是过来人了——入而出了。他们回来的时候，已经像柯勒律治的古舟子一样了——"悲哀而睿明"（sad and wise）。回来的他们已经不是原先的他们了。这想来该是一个螺旋式的进步。

进步也见诸文章的风格。纪德的风格向来是极富于《圣经》体的两重美处，灵性的热烈与感官的富丽。像雪白的火焰与金黄的水波。这本书尤为其中最好的一例。可是我们在这里也看得出演变。前三篇，尤其是头两篇，作者行文不免搔首弄姿，正犯了他自己在《纳蕤思解说》里所说的象征的过失——以辞害意。读到后三篇，尤其是最后一篇《浪子回家》，我们面对了直捷醒豁的风格，就无须停停顿顿地探索意义，哓哓地警告自己说当心被外表的芳芳馥馥给迷失了。

十一月十一日（一九四一）

附记：这里只是大致顺纪德自己的观念解释他这本书而已，批评的工作则留给了读者自己。我自己的解释也无非给读者做做榜样，因为纪德的作品总是那样复杂，怎样也解释不全，又那样的真像象征，容得下多方面自圆其说的解释。《浪子回家集》原名是《浪子回家及其前五篇解说》(Le Retour de L'Enfant Prodigue Précédé de cinq autres traités)。

纳蕤思解说[1]

（象征论）

给　保罗·瓦雷里(Paul Valéry)

近来我没有在岸边待过

(Nuper me ni littore vidi)

——维吉尔(Virgile)

① 《纳蕤思解说》先曾发表于《政治文艺丛谈》(Entretiens politiques et littéraires), 1891年1月号；其后不久，差不多随即，出版于独立艺术书店(Librairie de l'Art Independent)。

书本也许是并非必要的东西，一点神话本来就够了；宗教就完全寄托在那里。人民惊讶于寓言的外观，并不了解而崇拜；深思的祭司们，俯临意象的深处，慢慢地参透象形字的奥义。于是大家要解释了；书本阐扬了神话；——可是一点神话本来就够了。

纳蕤思的神话是如此：纳蕤思是十全的美，——也就因此他是纯洁的；他鄙弃山林川泽的女神们——因为他恋慕自己。没有一丝风搅动泉水，他在那里，宁静的，低着头成天凝对自己的影子……——你们都知道这个故事。然而我们还要讲它，一切都早就说过了；可是，因为没有人听信，讲了总得重新讲。

现在，没有岸也没有泉水；没有变形也没有自鉴的花；——什么也没有，除了纳蕤思，单剩一个纳蕤思，凝思的，孤立在灰色浮雕书上。他在时间的无用的单调中感觉不安；摇漾无主的心中反复自问。他想知道究竟自己的灵魂具何种形体；它该是，他觉得，非常可爱，如果从它的悠长的颤动上判断它；可是他的面容！他的面容！啊！竟至于不知道是否爱自己……不认识自己的美，我闹不清啊，在这幅远近场面都不相衬托的，没有线条的风景里。啊！不能够看见自己！来一面镜子！镜子！镜子！镜子！

纳蕤思，不怀疑自己的形体在什么地方，起来了，走去找他所企望的轮廓以包裹自己的大灵魂。

在时间的河边上，纳蕤思停住了。岁月所穿流的，命定的，空幻的河。简单的河岸，像一副嵌水的粗制的框子，像一面没有锡泥的琉璃鉴子；背后什么也看不见；背面铺着空虚的厌倦。一条阴暗的，昏沉沉的运河，一面几成水平的镜子；谁也不能由无色的周围中认出这片黯淡无光的水，要不是感觉到它在流。

从远处看来，纳蕤思以为这条河是一条大路；独自一个在这一片灰色上，他厌倦了，于是挨近来看东西从那里经过。两手在边上一搁，现在他临流了，依照传说中的他那种姿势，啊，他一看之下，水面一层薄薄的外表突然五色缤纷了。——岸边的花，树木的干，东一块西一块反映的蓝天，专等他而存在的，在他眼底各自生色的一片映影的奔流。于是丘陵露出来了，森林沿着山谷的斜坡排列出来了，——依照水流而波动的，波浪加以变化的一重重幻影。纳蕤思看得十分惊异；——可是不明白，因为是互为推移的，究竟是自己的灵魂支配波浪呢，还是波浪支配它。

纳蕤思观看的地方，就是现在。从老远的将来，种种东西，还只是可能的，挤向实在；纳蕤思看见了，随即逝去了；

流往过去。纳蕤思马上觉察到总是同样的东西。他寻问；于是沉思，总是同样的形体流过去；只有水的突进使它们发生差别。——为什么相异？为什么相同？——想必它们是不完整的了，既然它们总得重新来……而一切，他想，都向一个乐园的，结晶的，已失的原形，努力突进。

纳蕤思梦想乐园。

二

乐园并不大；完整的，每一个形体都仅仅在那里开花一次；一所花园把它们完全包含了。——它当真有过吗，还是不会有过，于我们有什么关系？可是它一定是这样的，如果它确曾有过。那里一切都在一度必要的开花里结晶，一切该怎样就完全怎样。——一切都不动，因为什么都不企望更好。单剩平静的引力缓缓地执司全体的运行。

因为在“已往”和“未来”中，没有一个飞跃是会停止的，乐园并非变成，——只是终古长存。

纯洁的伊甸！“观念”的花园！那里种种有节奏的，确实的形体，毫不费力地显示它们的韵律；那里每件东西看起来是怎样就是怎样；那里“证明”是毫无用处。

伊甸！那里悦耳的微风按照预知的曲线而波动；那里天空

展开无边的蔚蓝，掩盖匀称的草地；那里各种的鸟都带了时间的颜色，花上的蝴蝶都实践神意的谐和；那里玫瑰是玫瑰色的，正因为玫瑰甲虫是绿的，玫瑰甲虫是因为来，所以停在玫瑰上。一切像数似的完全，一切都按部就班；线条的应和中流出一种谐调；花园上飘着一片永恒的交响乐。

伊甸的中心，亘上下三界的大梣树(Ygdrasil)对数的乔木，在土壤里深植生命的根，向周围的草地上散布浓密的阴，枝叶里掩着惟一的“夜”。树荫里，靠着树干，放着“神秘”的书——那里记载着应该知道的真理。风，在枝叶间吹着，成天地拼读书中的必要的象形文。

亚当，虔诚的，在谛听。独一无二的，还没有性别的，他坐在大树的荫里。人！造物主的一体，神的役员！为了他，藉了他，一切的形体才各自显现。他据在这个仙境的正中心，一动也不动，看这个大千世界在面前舒展。

然而老是做一个观客，看自己不能参加，只有坐看的大观，他觉得厌倦了。——一切都为了他表演，他知道，——可是他自己……——可是他自己看不见自己。那么其他一切于他何有呢？啊！看见自己！——当然他是有权力的，既然他创造，既然全世界都维系在他眼底，——可是谁知道自己有什么权力呢，如果一直没有被证实？——由于观看它们，他再不能与这些东西有所区别了：不知道何所止——不知道何所之！因为究竟是一种囫囵生活，如果你不敢尝试一个动作而不至于搅破全盘的谐和。——而且，算了吧，这种谐和也叫我气恼，还有它那种永远完整的调和。来一个动作！一个小小的动作，为的认识，——一点不谐和，总之！——好吧！一点意外。

啊！抓住！抓住大栲树的一枝在他着了迷的指间，而且要把它折断……

完事了。

……起初是一点极微细的龟裂，一声叫，可是它发芽了，伸张了，尖锐地啸了，暴风似的号了。枯萎了的大栲树，摇摇欲颓，轧轧作响；原先有微风在其间游戏的那些树叶，颤抖而瑟缩，在突起的疾风中飘动，被席卷而去——去渺茫的夜空，去不可知的地方，向那边同时飞奔着零落的大圣书上脱下来的一片片散乱的书页。

向天空升起了一片雾，一滴滴泪，云落成泪，复升而为云：时间诞生了。

惊慌失措的人，分成两半的两性的人，因痛苦和恐怖而哭泣，带了一种新的性，觉得胸中涌出了一种欲念，要那个差不多和他一样的另一半，就是那个突然跳出来的女人，他搂抱的，他想恢复的，——那个女人，想经由自身，重造完全的人，并且想就此截止这种类，盲目的努力中，将使得一个未知的新族类在她的腹中动弹，不久就要向时间送出另一个人，仍然是不完全而且是不自足的。

将散布在这个黄昏与祈祷的大地上的你这可哀的人类啊！失去的乐园的记忆将要来蹂躏你们的狂欢，那个乐园你将要到处去寻找——将有先知们对你提说——还有诗人们，就在这里哪！他们将要搜集那本非记忆所能及的圣书的零叶，因为那里记载着应该知道的真理。

二

如果纳蕤思回过头来，我想，他会看见一道绿岸，也许会看见蓝天，树花——总之是一些固定的，而且持久的东西，可是它们落在水上的反映时时刻刻在破碎，而且受波浪的疾逝所变化。

这水要到什么时候才停止它的流逝呢？终于贴然了，成了静止的明镜，在影像的相似的纯清里——终于相似了，以至于和它们相混了——展示那些定局的形体的线条，——以至于终于变成了它们。

时间要到什么时候，停止了它的流逝，才使得这流动静息呢？形体，神圣而永久的形体只等待静息以便重新显现，呵！你们要到什么时候，在哪一个夜里，在哪一种寂静里，才重新结晶呢？

乐园总是要重造；它决不在什么遥远的狄里（Thule），它就存在在外观之下。每件东西都潜在地含有它本体的内在的和谐，就如同每粒盐都含有它结晶的原型；——倘若哪一天来了一个缄默的夜晚，降落最浓重的露水的：不波的深渊里将盛开一朵朵秘密的窗眼了……

一切都竭力想回复它失去的形体；形体是历历可见的，可是已经玷污了，歪曲了，而且不自足，因为它总要重新来；它被邻近的那些形体推挤着，阻挠着，原来它们也各自竭力想显现，——因为，存在是不够的：必须要证明，——而且各自受自尊心所迷惑。流过的时间凌乱了一切。

因为时间只是因一切东西的消逝而消逝，每件东西都苦缠，皱缩，想把进行弄得慢一点，想显现得好一点，乃有些时期一切东西都变得凝滞，时间静止，——大家相信；——当声音随动作而停止——一切都沉默了。大家等待；大家明白这一刻是悲壮的，不该动一动。

“天上寂静。”一切天启的开场。——确是悲壮的，悲壮的时期，新世纪从这时候开始，天与地在这时候合一，七印封严的圣书在这时候展开，一切在这时候固定于一种永久的姿势……可是突然起来了一种不合时宜的喧噪；那些精选的冈上，大家以为时间就要到那里停止的——总有一些贪婪的兵丁公分衣服，拈阄以决定礼衣的谁属，——同时那些圣女因失神而一动也不动，幔子裂开而泄露圣殿的机密；天地万物终于同看基督在最后的十字架上僵冷，讲着最后的话：“一切都完……”

……其后，不！一切都是要重造，永远要重造——因为一个拈阄者并未停止他无谓的手势，因为一个兵丁要得到一件礼衣，因为有人不介意。

要知道过失永远是一样，永远重失去乐园：个人思考自己，而激情要做主，宛然傲慢的贴优，不肯受命。[①]

做不尽的弥撒，每天有，为的重新使基督受临终的苦痛，使民众处祈祷的地位……单是一处的民众！——到全人类都得仆伏的时候：——那么一次弥撒就够了。

倘若我们会注意，而且会观看……

三

诗人就是观看的人。他看见什么呢？——乐园。

---

① “真理”存在在“形体”即“象征”之下。一切都是一种“真理”的“象征”。象征的惟一的职分是显示“真理”。它的惟一过失：偏重自己。

我们为显示而生活，道德和美学的规则是相同的：凡是不显示什么的作品是无用的，而也因此是恶的。凡不显示什么的人是无用的，恶的(高出一层看，我们就可以看见一切都是显示的——但只有过后才认得出)。

一切代表“观念”的，总倾向不注重它应当显示的“观念”而注重自己。偏重自己——这就是过失。艺术家，科学家，不应该注重自己而不注重他要道出的“真理”：这就是他的全盘的道德；不注重字，不注重句，而注重他们要表达出的“观念”：我简直要说，这就是全盘的美学。

我并不以为这种说法是新的；“抛弃”的教理也无非讲这种道理。

艺术家的道德问题，并非他显示的“观念”应该多少对于大多数是道德的，有用的；问题是他是否把“观念”显示得好。——因为一切都应该被显示出来，哪怕是最不祥的东西：“弄出流言来的人该死”，可是“流言总得来”。——艺术家和配得起称人的人，为某种事物而生活的，应该先牺牲了自己。他的一生无非是向这一点的进行。

现在显示什么呢？——这个我们可以在沉默中习知。

——作者原注

因为乐园到处都在；我们不要相信外表。外表是不完整的：它们期期艾艾地讲述它们所包含的真理；诗人，听到一言半语，就应该了悟，——然后复述这些真理。科学家不也就是做这种工作吗？他也探究事物的原形和它们的继续的法则；总之，他重构成一个世界，合乎理想地简单，那里一切都合乎规则地井井有条。

可是，这些原形，科学家用缓慢而胆怯的归纳法，经过无数的例证去探究：因为他止于外表，而且，亟欲获得确证，他不肯贸然测度。

诗人呢，他知道自己在创造，他在每件东西里测度——他只要一件，象征，以启示它的原型；他知道外表不过是象征的假话，掩蔽的衣服，俗眼所止步的地方，可是它指示我们说象征在那里。①

虔诚的诗人在那里观看；他俯临象征，沉默中深入事物的核心，——当他，幻觉中，认出了“观念”，它的“存在”的内在的谐和，支撑不完整的形体的，他就把它抓住了，然后，不愿这个在时间里覆被它的暂时的形体，他就会重给它一个永久的形体，终于是它的真正的“形体”，而且是定局的，——乐园的，结晶的。

① 读者当已经明白我所谓象征——就是一切显现的东西。

——作者原注

因为艺术品是一个结晶——一部分的乐园，那里，“观念”重新在高度的纯粹中开花，那里，就如同在消失的伊甸里，正常而必要的秩序把一切形体安排到一种对称而相依的关联中；那里，字的倨傲并不僭夺“思想”，——那里的有节奏的，确实的句——还是象征，然而是纯粹的象征——那里一言一语，都变成透明而能以启迪。

这样的作品只有在静默里才会结晶；可是就在人群的中心也有的是静默，在那里躲避的艺术家，正如摩西在西乃山上，遗世独立，避开了事物，避开了时间，裹了一片光华的雾圈，驾乎熙熙攘攘的芸芸众生。在他身上，缓缓的，“观念”息下了，然后，晶莹剔透，开花在时光以外。因为它不在时间之内，时间完全不能奈何它。我们不妨进一步说：我们怀疑，乐园，在时间本身以外，或许从来只有在那里存在过，——就是说，只有理想的存在过吧……

同时纳蕤思从岸上观看那个被爱欲所变形的幻形；他做梦了。孤寂的、稚气的纳蕤思恋上了那个脆弱的映影；迫于受抚的需要，想满足爱欲的渴望，他俯临河水。他俯下身去，突然间，那个幻象消失了；他看见河面上只有两片嘴唇在自己的唇前张开，一对眼睛，他自己的，在看他。他知道这就是他。——知道他是单独的——而且知道他恋上了自己的面容。周围一片空虚的蔚蓝，被他苍白的双臂所捣破，手臂因欲念而伸过碎了的外表，穿入一种未曾前知的元素。

他重新仰起了一点；面容又远了。水面，像早先一样，五色缤纷了，幻影又显现了。可是纳蕤思心里想，吻它是不可能的，——不应该转念一个映影；一个占有它的动作曾把它搅破。他是单独的。——干什么呢？远观。

庄严而虔诚，他重新取平静的态度：他不动——象征逐渐大起来——他，俯临世界的外表，依稀地感觉到，吸收在自己里面，流过去的人类的世代。

这篇解说也许是并非必要的东西。一点神话本来就够了。到后来大家才要解释了；由于祭司的狂妄，想启示神秘以博人家的崇拜——或者祭司的根深蒂固的同情；也由于使徒的痴心，使得大家揭示，使得大家在指示中亵渎，圣殿里那些最秘密的宝藏，因为大家都不甘单独敬仰，大家都愿意他人也崇拜。

恋爱试验

或

浮念解说

给　法朗歇思·耶麦(Francis Jammes)

欲念是一片辉煌的火焰；它所接触的一切，都只剩灰灯——一点风就吹散的轻尘——我们光是想可以永久的东西吧。

——加岱尔隆《人生是一梦》(Calderon：La Vie est un Songe)

我们的书本将不是十分忠实地记载我们自己，——而是记载我们的可哀的欲念，对于永为禁地的他种生活，对于一切不可能的动作的想望。我在这里写一个梦，这个梦简直太搅扰了我的思绪，而且要求存在。今年春天，一种求幸福的欲念使我厌倦了；我希望自己开一次更完美的花。我希望幸福，仿佛我再没有别的什么状态可以处了；仿佛过去并不能永远控制我；仿佛人生并非由它的哀愁的习惯所造成，明日也不是昨日的赓续，——仿佛也不会有此一日：今日我的灵魂早已恢复了它的惯常的研究，当它一摆脱了它的梦想。

而每一部书无非是一种延迟了的企望。

确实无疑，决非人类的麻烦的法律，决非畏惧，决非廉耻，决非悔恨，决非自己乃至自己的梦想的顾虑，决非你，愁惨的死啊，决非坟墓的恐怖能阻止我追求我的所欲；什么都不能——除了知道这是如此强的；觉得自己比它还要强，要克服它的骄傲。——可是如此高傲的胜利的喜悦——还不如屈服于你们，欲念啊，还不如不战而降，来得甜蜜，来得好。

今年当春天来的时候，我受了它的恩惠所怜；因为欲念使我的孤独变得苦痛，我早上出了门，走到田野去。太阳成天照在原野上；我一边走一边梦想着幸福。当然，我想，世界上另外还有些地方的，除了我带了我的灵魂来放草的这些荒野。什么时候我能够，远离了我的抑郁的思绪，向太阳里放纵全盘的欢乐，忘掉了昨日，忘掉了那许多无用的心念，拥抱那毫无疑虑，毫无畏惧，挺然而至的幸福呢？那天晚上我不敢回去了，因为我会想像到太多的新的不安；我走往前好多次使我的哀愁迷失过的树林。——夜来了，也来了月光。树林变得沉静了，而涵满了奇异的阴影。微风颤动；夜鸟醒来了。我走进了一道幽径，那里的沙子在我的足前闪烁，这道迤逦的白光引导我向前。在较疏朗的枝间，当微风摇树的时候，可以看到雾霭的不可捉摸的形状飘浮在小径上空；夜心里露水从树叶流下的时候，香味冒起来了，树林乃脉脉含情。草间有一阵阵的寒噤；每一种形体，寻觅，找到，作成谐和，一朵朵大花摇曳着，花粉纷纷地飘荡着，比雾霭还要轻。一种秘密的，神往的欢乐可以感觉到在树枝下瑟瑟作响。我等待。夜写哀啼。随后一切都静了；这是黎明以前的入定；欢乐澄澈了，我的孤寂兴奋得狂了，在苍白的，知己的夜底下。

Qualguiera ventio que sopia

（只要是吹的，随便什么风。）

一点风就吹散的，轻尘。

一

黎明来了。满抱了花朵，路克从夜色未退，晓寒微沁的树林里走出来，坐在林边的斜坡上等待日出。他的面前展开一片潮湿的草地，五颜六色的花朵以及蒸发的，闪耀的露水。路克等待着幸福，深信不疑，自以为它会来的，就好像一群蜜蜂飞来栖息；自以为一切都早已为他进行了。黎明因一种无限的喜悦而微颤，春天从微笑的呼唤中诞生。一片歌声摇漾起来了，出现了一组环舞的少女。

如醉如狂，被湿草所沾濡，头发还保持夜间的松散，她们采摘各色各样的花朵，提起了裙子当篮子，赤脚跳舞。随即厌弃了回旋舞，她们乃走下草场，走到泉边，在那里洗脸，在那里照影，准备接受白天的快乐。

分散的时候，谁都忘记了自己的伴侣。

拉结回来了，独自一人，若有所思的；她捡起掉地的花朵，俯首作重新采摘的样子，这样好不看见路克走来。她采摘金凤，连翘，雏菊，以及一切草地的花。路克拿了山沟里长的毛地黄，紫罗兰色的风信子。他就在拉结的近旁；现在她编花了。路克愿意，可是不敢，把自己的花加入那个花环；突然间，把它们扔在她的脚边：

“这些是树林里的暗色的花，”他说了，“我在荫里采来的，——给你，因为来者原来是你，我整整地寻觅了一夜，你像今年这个春天一样的美丽，你比我自己还年轻。今天早上我看见过你的裸足。你是同你的伴侣在一起，我不敢接近你；现在你独自一人在这里了。请你接受我的花，请你过来；我们来领教赏心的欢悦吧。”

拉结有情地一笑；路克握了她的手，他们一块儿走了。

全天过在游戏与欢笑中。晚上路克独自回家了。夜来了，可是不给他带来睡眠；他一再离开了太暖的床，在房间里走来走去，或者在敞开的窗口凭倚。他愿意更年轻，更美丽得多，心想两人之间，爱情当有他们的身体的光辉。路克整夜地想念拉结。早上他就跑去找她了。

一条紫丁香的小巷引到她的住处；然后是一个满地玫瑰花的园子，围以一道低矮的栅栏；一到，路克就听见拉结唱歌。他一直到晚上才走，于是他第二天又来了；——他每天都来；一醒就出发；拉结在园子里含笑地等待。

好多天过去了；路克不敢有什么动作；拉结首先委身了。——一天早上，并没有照常在亭子里找到她，路克决定上楼到她的房间去。拉结坐在床上，头发松散着，差不多是赤裸的，只罩了一条差不多完全掉了下来的披肩；当然她是在等待。路克到了，脸红，微笑，——可是看见她的精致的两腿如此柔弱，他感觉到它们的脆弱。在她的面前跪下，他吻她的纤足，然后拉好了披肩的边缘。

路克希冀爱情，可是怕肉体的占有，如同怕一件伤害了的东西。我们所受的可怜的教育啊，它使我们对于虽然是光华的，澄清的欢乐，预先感觉到哀泣和伤痛，或者抑郁和孤独。我们将不再要求上帝擢举我们进于幸福。——可是，不！路克并不是如此；因为要永远像我们所想像的自己，是一种可笑的幻想。——于是路克占有了这个女人。

现在我怎样讲他们的欢悦呢，除了叙述他们周围的，也快乐的，有分的，相同的自然。他们的思想不再重要了：一心只想到幸福，他们的问题是愿望，回答是满足。他们习知了肉体的机密，他们的契好变得一天比一天深邃。

有一天晚上他照例要回去。“为什么你要走呢？”她对他说，“如果是去结什么私情呢，那很好——走吧——我并不妒忌。否则留此吧——来吧：我的床招请你。”

从此他每夜都留宿了。

天气愈加暖和了，夜是如此的美，以致他们不再关窗了：他们如此地睡在月光底下——当一棵满树好花的玫瑰长起来，笼住了窗子的时候，他们幽禁了一些枝条；玫瑰花的香味混合了房间里的花束的香味。因为恋爱，他们睡得很晚，他们醒来就如同醉后醒来——醒得很晚，还带夜里的疲倦。他们在一道从园子里流出的清泉里洗濯，路克看拉结赤裸裸的在树叶底下洗澡。——然后他们走出去散步。

他们常常等待晚晌，坐在草里，不做什么事情；他们看夕阳西下；然后看光景愈加柔和了，他们乃慢慢地走回家去。海并不远；潮大的时候，夜里可以隐隐地听到波浪的声音。有时候他们直走到沙滩去；经过的是一道狭而曲折的山谷，没有溪流的；灯心草，金雀花在那里繁殖，风在那里吹拂沙子；然后沙滩展开了：这是一个海湾，没有艇，没有船；然而那里的海是平静的。他们望见，差不多在正前方，在弯曲的，远处似乎形成一个小岛的海岸线上，就在这一点，仿佛有一所庭园的豪华的栅栏；到晚上闪耀如黄金。——不久拉结在沙子里不再找到贝壳了；他们在海面前感到了厌倦。

附近也有一个村子，可是他们不常经过那里，因为穷苦人太多。

下雨或者因为疏懒而甚至于不到草地去的时候，拉结躺着，路克在她的足旁，拉结请路克讲一篇故事。“讲吧，”她说，“我现在听；如果我睡着了也不要停止：给我讲春天的花园，你很清楚的，还有那些高台。”

路克讲那些高台，那些并排的七叶树，悬立在草原上空的花园：“早上，许多小女孩子来游戏，来跳她们的环舞，而太阳还是那么低地停在草原上，以致树木还不能成荫。

“稍晚一点，许多娴静的大女孩子走到花坛之间，准备花环——就像你那样地编起来，拉结。近午时分，忽然来了一对对游侣，——太阳已经横亘在树木的上空，枝条做成的不透明的穹窿似乎使小径更加凉快了；在那里散步的人只用低声谈话。再晚一点：平原变得不十分炫目了，大家开始望见它，夏天似乎散布在那里。散步者凭倚，俯伏在栏杆上；一组组女人坐着，有些从羊毛束上抽丝，给另外一些编东西。时间流过去。来了小学生，学校已经放学了；许多孩子玩弹子。黄昏到了；散步者变得孤独了；有些人可还是在一块儿，早已当一件完了的事情来谈白昼了。高台的阴影掩到平原上，远远的在天边，在澄空里，升起了皎洁的月亮。——我来了，夜色逡巡在无人的台上……”路克沉默了，看拉结，她已经在语声里睡着了。

他们还做了一次更长的散步；那是在春末的时候，攀过了他们的住屋所在的山头，他们在半路发见后面的斜坡上一条运河。一排白杨给它缘边，一条阪道沿它伸展，地势随即继续倾斜。从一条桥上渡过了运河，炎热的太阳逼得他们沿水边走。一股热气从谷中涌上来；空气在田野上抖动；远处一条大道扬起了尘土，当一辆大车从那里经过的时候；他们看见夏天在平原上。路，树木，运河紧随不舍那个小山的曲线；于是他们在岸上沿运河走去；一个小树林终止于对岸。——如此而已。他们如此地走了很久；可是看见这种光景无穷尽地继续下去，当他们已经看足了的时候，他们回家了。

二

夫人——我是要对你讲这篇故事。你知道我们的可悲的爱情已经在荒野里迷失了；你曾经埋怨我的微笑竟如此勉强。这篇故事是为你而讲的：我在那里寻找了爱情所给与的东西，倘若我只找到了厌倦，这是我的过失：你曾经教我不要幸福——一本书里的欢乐是多么短，而且讲得多么快；没有淫邪，没有忧愁的微笑是何等平凡啊！而且我们何所得于别人的恋情，给他们幸福的恋情。——管他们呢，路克和拉结是互相恋爱着；为的要我的话前后一致，他们甚至于旁的什么事情也不做；他们只知道幸福的厌倦。——采花是他们的单调的事务。他们不赶开欲望，以作更远的追求，不大喜爱等待的苦恼。他们不知道因占有的恐惧，因凄恻的爱情，而——就像我们那样的，啊！夫人——把愿意搂紧的推出去这种动作，他们信手采取凡是想要的一切花朵，全不管它们在暖和的手指间会太快地枯萎。——像他们那样能够无思无虑而恋爱的是有福了！他们简直一点也不觉得疲倦了；——因为光是爱情，光是罪过，决不如爱情和罪过的后悔那样的能使人疲倦。所以他们养成了习惯，极少看过去的水流上他们的漂浮的行为；他们的快乐来自不知哀愁；他们只回忆可以重复的接吻和搂抱。于是有一个时分他们的生命真是互相融合了。那是在夏至日；掩映在蓝空里，他们头顶上的高枝显得极顶的纤细多姿。

夏天！夏天！我们该把它当一支赞美歌来唱。——五点钟；——我起床了(黎明到了)，我走到了田野里。——如果他们知道草上有多少新鲜的露珠，有多少让清晨的一阵阵起寒噤的足所洗濯的凉水；如果他们知道，田野上的阳光，大地的眩晕；如果他们知道黎明，满面笑容地欢迎到草间来看它的人，他们不会高卧不起的，我猜想，——可是路克和拉结因夜里的接吻而疲倦，而这种情爱的慵困也许把比诸黎明投在田野里的更多的笑容投在他们的梦里了。

然而有一天早上他们却出去了；他们到了他们在春间的一天曾经来巡游，来追随过的那个山谷和那条运河；可是这一次没有攀过山头，而是绕过了山腰，他们到了运河流入一条大河的地方；运河是用于拉纤的，他们从一道水闸上渡过水去，沿纤路前进，右边是运河，左边是大河。对岸也有一条路。这五条在狭谷中平行的路，远至他们的目力所及处，搅在一起了。这一天的散步是够长的，但是无趣味可言。

他们想再看看海滨；他们重下那个无水的小山谷；他们坐在海面前。新近的一次风波打到了沙滩上许多海底的贝壳，漂流物，拔了起来的零碎海藻；还在激涨的浪涛以一种持续的澎湃声骚然作响。拉结忽然感觉到一种不安：她发觉路克开始沉思了。一阵更凉的海风吹来了，一阵寒噤起在他们的身上。他们起来了。——路克走在前头，太快了，有点夸张的样子；那里有一条大梁，黑而残破，陌生的木桩，破船的断片，倒地的木材……两个人在那东西的面前停住了。过后，路克向海上望去，拉结，出于需要，出于本能，倚靠路克，头垂在他的肩上，在他的身上依稀地感觉到苦恼和冒险的渴望。他们站着不动。太阳去了，沉入海湾以外，海峡以后，那里可以看见大海的无涯际的水平线在两个海岬之间拓入远处。

当太阳西沉的时候，于是在他们的前方，仿佛在一个岛上，不知名的庭园的栏栅，承受落日，开始发出一种不可名状的，几乎是灵异的光华：至少因他们互相不说一句话，在他们看来是这样的；每根短栅，与其说是金的还不如说是铜的吧，似乎都出自内心的，或者因为非常滑亮的缘故，自动地放光；最奇异的是栅栏以外仿佛还可以看到东西，虽然说不出是什么。路克与拉结各自感觉到对方没有提言的勇气。

回家的时候，拉结在沙上发见一颗石卵，非常大，黑色，有弹性，仿佛有意义要那样奇形怪状的，以至于他们断定它对他们是重要的，而且要从其中寻出一个理由。

这一天的回忆留给他们一种漠然的不安，并且，不由自主地老想念这个面海而深闭的庭园，受了引诱，想寻根究底，而又没有船可以载他们到那里去，一天早上他们决意要上那里去，沿海岸而行，直走到他们能达到的那所庭园。

他们在黎明以前起床，随即上路；这时候还是很凉，一片灰色；他们像认真的，沉默的，一心不乱的朝山进香人似的前进，不愿自己另有目标；消失的好奇心仿佛留给了他们一种苦业的感觉。——可是不要言之过甚吧，夫人，因为现在他们差不多叫我们喜欢了。——算了！他们毕竟不愿天热而前行，受一种思想所引导——要知道这不再是一种欲念了。拉结不再抱怨路上的滚转的细石子，陷足的软沙子；——一忽儿缘沙矶，一忽儿越田野——一忽儿溯河岸而上到有桥可渡为止，——然后再下去，——然后再穿越田野。——啊！现在他们终于差不多达到墙根了；这是庭园；——为的严防外人接近起见，海水被导入一条石筑的堑壕，冲打墙根，似乎要堵截他们，而这道墙呢，入海而成堤塘，以致从这一边什么也看不见，除了一个阴森的石灰石海岬。他们前进。堑壕终止了。于是他们沿墙根而行。太阳很酷烈；路在他们的面前延伸；——这是园墙无影的时分。他们望见，差不多掩在常春藤底下，看不见的，一道紧闭的小门。石墙不知不觉的回转，向晚的太阳也在回转，似乎在追随他们。墙上有树枝垂出，可是一动也不动，庭园的内部，仿佛有不断的笑声发出来，可是喷泉往往会作人语声呢。突然间他们又发觉到了海面前了。于是他们受了一种极大的哀愁所侵击，他们先坐一会儿，然后再打算上路回家，他们的面前，就如同那一边一样，一个石海岬伸入海中，石墙绵亘而去。海水在一条难越的深沟里激打墙根。哀愁穿进了他们，填满了他们，一下子透遍了最细的孔隙。——尤其是这行程，这行程的徒劳使他们委顿了。——太阳现在在园后消失了；他们走在狼藉的墙影里；他们有点感觉到阴影里有一种神秘。他们似乎不时地听见一种仿佛手指在窗玻璃上戏敲的声音，可是他们一停步，这种声音立刻停息了，他们以为因步履的嚣骚所致。他们到家的时候早已是夜里了。

第二天，昼间休息的时候："给我讲夏日的黎明吧，"拉结说，"既然我的慵懒把我留在你的身边了。"路克开始了：

"正是夏天，可是在黎明前；小鸟还没有啼啭；树林还不大清醒。"

"噢！不要讲树林，讲一条林荫路吧，黎明已经到了，如果小鸟还没有啼啭呢，那是因为山谷太幽邃了，夜还在那里淹留；可是早已有光亮漂白了那些小山顶。"

"向那些绝顶的光亮，"路克接下去，"两个骑士一块儿前进，沿山谷走了一整夜以后，进向那个居高临下的山冈。他们肃静无声，已经在阴影里走了许久，林荫路两旁高耸的橡树，在他们的头顶上展出它们的枝条。他们的马慢慢地走上笔直的崄道。他们一步步上去，他们周围的光亮一点点增加。太阳在冈上露出来了。——冈上展开了另一条林荫路，更宽大，切断第一条，缘山顶伸去。两个骑士停住了。一个说：我们分手吧，老弟；招引我们两个人的并不是同一条路——而且我的足够的勇气用不着你的勇气辅助我。一个人有用的地方，另一个人就无用。——另一个说：再见吧，老兄。——于是，掉转头来，他们各自走去作孤独的长征。——于是所有的鸟都醒了。枝叶底下有恋爱的追逐，空中有昆虫的环舞：蜜蜂的振翅可以听到，浅草上开放许多招蜂的新花。好听的嗡嗡声起来了。

“远方，大地的尽处，除了树叶，什么也不见；低处，不十分阴暗的山谷里，只见浮动的树顶；更低处，一片雾。噢！我们当如何愿意俯瞰那些牡鹿下去饮水呵！”

“那两个骑士呢？”拉结说。

“啊！随他们去吧，”路克说，“我们单管林荫路吧。——近午的时候，那里来了一群少女；她们手挽手地走，就像你同你那些伴侣一样；她们欢笑着；然后来了绸服而加轻飘的金饰的男人；坐下了，大家在一起谈论着。

“白昼过去；他们沉默了，阴影延展到青苔上；他们起来了，走去看落日。林荫路中满涵了不安与低语；大家都预备睡觉了；——于是万籁俱寂，现在是黄昏了；树枝在摇曳，灰色的树干，在阴影里显得很神秘；起了一阵暮鸟的啼声。于是在开始的夜色中看出两个骑士回来了；他们相向而行，因为路使得他们如此，他们的马似乎经过了一场大疲乏。他们自己的背都驼了，比早上还要严肃，因为徒劳的缘故。不交一语地聚到了一起，他们重走下山的小径，投到枝叶底下的夜里。”

“那么为什么出发呢，路克，”拉结说，“上路有什么用呢。你不是我全部的生命吗？”

“可是你，拉结，”路克说，“你不是我全部的生命。另外还有东西哩。”

三

夫人，这篇故事使得我厌倦。你很知道我的舞文弄墨，是为的别人，不是为的我自己。我本想讲四季与灵魂的关系；我们得逢到秋天：我不喜欢抛弃随便哪一项已经担起的工作。

有一天两个灵魂相遇了，而且，因为它们都在采花，双方都自以为相同了。它们互相牵了手，想继续走路。过去的赓续使它们分离。它们的手松开了，现在将各依过去的习惯，独自地继续走路了。这是一种必要的分离，因为只有相似的过去才能使灵魂彼此相似。对于灵魂一切都持续下去。——你知道，夫人，我们都知道的，有些灵魂将并行而前，不能互相接近。——所以路克和拉结分手了；仅仅是一天，仅仅是夏天的一刻，他们的两条线混合在一起——惟一的一个切点——现在他们早已各自望别处了。

坐在逼近波浪的沙滩上，路克望海，拉结望陆地，他们有时候竭力想再抓住松开的爱情，然而这里只是没有惊奇的欢喜；这是一种枯竭的东西，路克想到出发就十分欢喜，拉结不再留他了。——当他们还是一块儿出门的时候，他们一边走一边梦想——我要说：沉思；各人向前看而并不互相看。路克不再梦想爱情了，可是他们的爱情仿佛把一种欢乐的回忆，又仿佛把枯萎的——花环所残余的——好花的香味，留在他们的心里，可是没有哀愁，没有哀愁。

有几天，他们如此地走路，没精打采，不说话。因为华丽的颜色已经涂上了秋叶，投了如此美好的映影在水里。他们特别爱沉睡的止水，慢慢地散步在水边。树林绚烂而嘹亮：纷垂的木叶掩盖了天末。路克梦想广大的生活。——我这样说是因为我也如此梦想；我相信他该如此梦想。——路克和拉结使得我厌倦，夫人，关于他们我还有什么可以告诉你呢?

他们想回去看那个有奇异的栅栏的庭园。他们沿墙走去，找到了那个隐藏的小门，从前关得很紧，没有锁的——现在开了；他们进去；——这是一所废园。

什么也描摹不出那些小径的绚烂。秋天掩蔽了草场，树枝断残了；杂草埋了道路，开花的草，带穗的草，他们默默地在那里走，靠近长满红浆果的灌木丛，那里有红胸鸟在啼啭。我爱秋天的绚烂。——那里有石凳，有石像，于是一所大房子耸立在面前了，窗扉紧闭，门户堵塞。——园内残留着盛会的记忆；烂熟的果子挂在墙树上。——日暮的时候他们回去了。

“给我讲秋天吧。”拉结说。

“秋天，”路克接着说，“啊！这是整个的树林，以及林边的褐色的水池。那里来了一些鹿，猎角声响动。代欧！代欧！一群猎犬狂吠；——那些鹿逃走了。我们到大树底下去散步吧。打猎人疾驰；——他们过去了；——你看见那些盛饰的坐骑没有？猎角声远了，远隐于树林。——我们再去看平静的水池吧，那里暮色下垂了。——”

“你的故事是乏味的，”拉结说，“我们不再说‘坐骑’了；而且我不喜欢那种喧嚣。我们睡吧。”

于是路克撇下她了；自己还没有睡意。

不久他们便分别了；没有眼泪也没有微笑的诀别；宁静而自然；他们的故事完了。——他们梦想新东西了。

现在这里已经是秋天了，夫人；天下雨，林木枯干，冬天要来了。我怀念你；我的灵魂是炽烈而宁静；我坐在灯边；身边是我的书本；我独自一人，我沉思我谛听。——我们将如以前那样地重温我们的满是神秘的欢爱吗？——我是幸福的：我生活；我有崇高的思想。

我已经为你讲完了这篇令我们生厌的故事；现在有更大的事务招请我们了。我知道，海上，人生的大洋里，光荣的难船在等待，——还有失路的水手，还有待发现的岛屿。可是我们老是垂头看书，我们的欲念向更确实的动作那方面走去。就是这个使得我们，我知道，比别人更快乐。——然而有时候，厌倦了太持久的研究，我走下树林去，在雨中，我去看秋天的完结。——我知道，有些晚上，从这种散步回来以后，我坐在炉边，仿佛为人生的幸福所醉了，而且，几乎因醉而啜泣了，思想中觉得有许多严肃的工作要做。——我要干！我要干；我生活。在一切工作之中我们将喜爱沉默的大工作。这将是诗，是小说，是戏剧；我们将俯临人生，——像你那样的，妹妹，深思而慎重。现在我走了，可是梦想，梦想旅途的幸福吧！……

然而，我倒喜欢——现在是冬天了——我们一同来延长这篇故事。我们该是在一天晚上两个人一块儿往一个荷兰的城市去：大雪该已经堆满道路；封冻的运河上，该有人扫除冰上的积雪。你该已经溜了许久，同我在一起，一直到田野里，我们该已经在田野里了，那里可以看到雪的堆积；一片白色无穷尽地伸展；感受凛寒的空气是一件乐事。——夜来了，可是夜里有白雪闪耀；我们回来了。现在你该在房间里坐在我的身边了；炉火；垂下的窗帘；我们的种种思想。——于是你该对我说了，妹妹：

没有什么东西值得回转我们的路径；我们抱住路上遇见的一切吧；可是我们的目标比它们都远呢。——那么我们不要弄错了；——这些东西会走的，去的；愿我们的目标不动——我们将走去达到它。啊！把许多障碍当作许多目标的愚蠢的灵魂活该受罪了。世界上并没有许多目标，那些东西并不是目标或是障碍——不错，甚至于也不是障碍；只该超越它们。我们的惟一的目标是神；我们不会看不见他的，因为我们可以在每件东西里看见他。从今以后我们要向他走去了；在一条叨光我们自己而华美的小径上，右边是艺术品，左边是风景，前方是要走的路；——现在，可不是，让我们具备美丽而快活的灵魂吧。因为只有我们的眼泪会叫悲哀萌发在我们的周围。

而你们，我们的欲念的对象啊，正像那些容易坏的凝聚物，只消手指一按，就只剩灰烬了。——Qualquiera ventio que sopla.（只要是吹的，随便什么风吧。）

起来吧，我的思想的风——你将会吹散这些灰烬。

1893夏作于伊博（Yport）及拉·罗克（La Roque）

爱尔·阿虔[1]

或

假先知解说

给　腓特烈·罗森堡(Frédéric Rosenberg)

先知啊！把主所启示给你的一切都公布出来吧；如果你不这样办，你就不会完成他的使命。

——《可兰经》第五章第七十一节

你们从前出到旷野，是要看什么呢？要看风吹动的芦苇吗？——你们出去，到底是要看什么？要看穿细软衣服的人吗？——你们出去，究竟是为什么？是要看先知吗？——我告诉你们，是的，他比先知大多了。

——《马太福音》第十一章第七至第九节

① 《爱尔·阿虔》曾发表于《山陀儿》(Centaure)第二期，1897年9月号。阿拉伯文El Hadj有“巡礼者”的意思。

现在，将近日落，那些可爱的塔尖重新露出来了，从我们终于回到的城市里，疲乏的群众出自欲望而欢笑，向那里急遽地进发。……神啊！我的任务完了吗？领导他们的不再是我们的声音了。

啊！愿他们今晚在家门的户槛上动情而哭泣，因为那里重新有他们的安息了！——我自己愿迟留在沙漠里。我的秘密，多少天，多少夜，我始终缄口不言；我无倚无靠地担负了自己可怖的谎语的重荷；我直到底还不动声色；为的怕，不给长久的飘流空寻一个目标。没有目标了，他们会觉得非常痛苦，不再能前进了。

现在，讲吧！只有我一个人了。可是，绝望之余，我将要呼喊什么呢？

因为我现在知道，有些先知，白天对他们所领导的人群瞒着他们灵魂的不安，唉，以及迷惘，还装出他们过去的热情以掩饰它的消失——而咽泣于夜间，当他们重新处于孤独的境地——面前只隐约地照着无数的星斗，也许还照着太辽远的观念——自己却不再信这个观念了。

可是你，王，你的确死了；我亲自把你埋在流沙里；风吹了；沙像大河的波浪一般地流泻了；如今谁说得清你的漂动的坟墓在什么地方呢？——当初是你把你的人民引到沙漠里的呢？还是你自己被另外什么人引去的呢？你在旷野里遇见过什么？——什么也没有。可不是你在旷野里什么也没有看见？可是你如果不死，兴许会走得更远呢。——王，我已经把人民从旷野里引回来了。

当然，我当初原不会自以为是一个先知；我并不会觉得我生来如此。我不过是一个市井的说故事人，爱尔·阿虔，他们以我会唱歌而挑选了我。人家说我的背上有记号，那是神用以标明他的使徒的；可是我并没有得到如此的启示，否则我们决不会离开城市，因为怕神，我决不会跟他们了。可是我能够预知自己的故事吗？先知；只有对别人我才会预言呵。——大家拥挤不堪地结队出发了，大家不知道为什么，也不知道上哪里。他们雇我给他们消遣；因此我加入了他们；我给他们在长途的厌倦中唱情歌，同他们哭我们没有带走的女人；因此我博得了他们的欢心。我们向沙漠进发，王走在我们的前头，坐一辆遮住的轿子；我们谁也看不见他。夜里他独自睡在他的篷帐里，我们谁也不敢近他；缄口的奴仆守护他的清静。他怎样把我们带在后面的呢？那是一种神秘的关系；大家说他的决意直接地加诸我们全体。因为谁也不从他那里传下任何号令；我们除了他没有别的首领，而他总保持缄默；或许他跟轿夫讲话的吧，可是他的声音从不会达到我们的耳朵里。情形就好像我们追随他而他并不领导我们。可是说来奇怪，从此我很讶异，我们的行程似乎是预知的，我们的路似乎早已确定的，仿佛我们的前头另有人先把它走过了。我们在路上鸡犬不惊，在我们走到的城市里，人家那么轻易地给我们找粮秣，那么不以我们为怪，仿佛给我们的等待，早已先我们而至了。然而明明白白，我们并不是那些队商，从一个城市到另一个城市，来来往往，惯受各地居民所接待。人家也许会认我们是一队好战的军队哩，如果我们多带些武器——可是甚至于还没有认清楚我们和平的意向，还远呢，就没有一个人惊惶了。

离开了王土，照例，我们不再宿营在城里，而在城根，在东侧。就是逢到绿洲围抱的城市，一到夜，我们就不到树木底下去。那里满是瘴气；我们扎营在围林的边上，我们的灵魂渐渐地习于眼前只见到无边的一片空阔。

有时候在日暮以前，在那些园林里，我同我们的使者走到市上找粮食，商贩难得会盘问我们；而且，我们随即不再容易懂他们的言语了；这还是我们的言语，可是腔调太不同。而且我们能回答他们什么呢？除了说我们来自南方的一所京城，除了说向北方的长途跋涉中我们看见地方变得一天不如一天的荒凉。有时候，倒是为我们自己这方面人，不是为听不懂我说什么的那些异邦人，也不是为，每逢我们的营幕离城市不太远，跟我们来，傍晚还不去，沉默的或窃窃私议的围绕着我们用荆棘生的火，而并不因我们的行装，因挂在骆驼颈上的富丽的绣花布而大惊小怪，至多用指头一点就释然的那些孩子们，——我在夜里歌唱着，延续地歌唱着，一直到睡着为止。

我们所离开的那个城市
是，从前是又富又大又美丽。
如果我们没有离开它，
我们永远不会用名字来称呼它，
因为我们不知道另外会有什么城市。
现在我们要叫它巴布·厄尔·谷。
为的我们好谈论它，
也为的要把它的名声
随我们带到四方。
我所经过的那许多城市
哪一个也比不上我们的美丽。
我知道那里有许多酒场
晚上有人去谈天，有美女在跳舞。
我们所撇下的女人们
等待我们而洒落相思泪。
我们每个人都有好几个，
最差的还是非常美丽。
城外有玉蜀黍，有小麦；

那地方五谷都丰饶。
我们的王比什么王都强；
谁也不能接近他；
谁也不会看见过他的脸。
啊！配他的才有福呵，
她将会看见他的面。
富足以和他相当，她将拿出什么来呢？
她将用何种香水洒她的头发？
她将在何处等他开盛宴？
我们都要到那边去啊。
她等候得十分憔悴了
在广大的园林里，在水边。
除了王，谁也看不见她，
可是到花烛之夜我们一定有
丰富的椰子浆
与甜蜜的葡萄酒。

这样，在别人的面前，我们出于虚荣心，歌颂着我们的城市——而且，为的不致受轻视，我们自己预告着华贵的命途。可是在夜里，当别人完全离开了我们的时候，我们再没有这种确信了，我们说：的确，我们所离开的那个城市是又大又美丽。可是我们离开以后的旅途已经很长了，而且，我们知道它究竟如何呢？自然，我们得跟随王；可是跟随到什么时候呢？到什么地方呢？——他领导我们干什么呢？当然，王是知道的；可是他会向谁说呢？

虽然他们并不期望这种愁苦的疑问有什么解答。

“他会对我说的。”我对他们说了。

“你怎么办呢？”他们说，“谁也不许近他呢。”

“我们等待吧，”我回答，“夜行人在白天里会赏玩阴影。”

一边这样说，一边我自己也就盼望着。

第二天，当我们走在旷野里，最后的阴影都渐次消失的时候，我想：我干吗歌唱呢，如果我不给我的王歌唱——今夜，我要到他那个篷帐近旁去；他们一定都累得熟睡了；王并不劳顿，该不会沉睡；他会听我的，我要唱得非常美妙，足叫他听了还要听。我成天如此想；一种热情支持了我的进行，而我要用歌声充满的这一夜，因我的热望，反而来得很慢。

入夜的时候：

“夜啊！”我唱着；田野里万籁无声，王的帐幕在营地以外，宛如一个孤立的海岬，此外就是一望无际的沙漠。

“夜啊！——”我唱唱又停停，仿佛风把我的歌声掠去了，那足使王抱憾于听不全。

一个篷帐在沙漠上。

一只小船在波涛上！

可是说到沙漠，爱尔·阿虔，我该讲什么呢？……我又提起了我这个巡礼者的名字，自以为，后来果然没有错，王以后准会想起它来，可以用它来叫我。于是，当空中的大月亮默默地溶解，当我看得十分苦恼了，转而欣赏沙上的奇观：经过了白昼的炎热以后，沙子还保留光亮，映照得一片蔚蓝——我唱了：

它们比海浪还蔚蓝。
它们比青空还明朗……

突然，像一个悲叹的人一般，我大声地嚷了：

“你说过多少天了：现在故乡的山丘远了，我只有太遥远的记忆以维持我们的忠心了？以后，我们在旷野里看见过什么呢？旷野！爱尔·阿虔！你关于旷野将有什么可讲呢？什么也没有。可不是你在旷野里什么也没有看见吗？

“我看见过许多河，许多大河，完全消失在沙里；它们并不是注入那里，我想：它们是慢慢地没入那里；它们在那里消失，恰正如希望。——有时候它们在远处重新现出来；它们并不是涌出来，我想；它们只是从沙里重新渗出来，成一道极细的水流，重新现出来，恰正如希望。更远处，则只有沙了。我们甚至于不知道它们变成什么样子了。——河啊，大河啊，我们不是来看你们啊。”

说呀！你们在旷野里看见了什么呢？
遍野的大队客商在那里过去了。
他们在沙上会看见什么呢？
许多白骨；许多空贝壳；
许多足迹，许多足迹；
许多被沙漠风抹去的足迹。
温天的沙漠风过去了。
啊！你们到旷野里到底看什么呢？
看一枝被风摇动的芦苇吗？
可是你们到旷野里究竟看什么呢？
那么你们到底什么也不看吗？

白昼又来的时候，我恐怕因为我的歌唱，别人会打搅我；可是他们连听都没有听见呢。

我们向沙漠前进了。

又到夜来的时候，我重新走近篷帐去；当沙漠上涌出暗红的月亮的时候：

“夜啊！伟大的夜啊！……”我大声地喊了；然而压低了继续唱下去：

“像一叶小舟在波涛上，王，一个篷帐载你游行。它要一直载你到什么地方呢？”因为这一夜我带了七弦琴，一顿一逗的我用它来假装一问一答。

“在日光里，在我们的面前，愁惨的旷野啊，你可是够眩晕了吗？

“沙漠！当夜来的时候，你永远不停顿吗？

“喔！安得风把我驮上它的翅膀，带我到这个如焚的海的那一边去呵。

“喔！愿那边是血红的月亮，天空的牧羊人，在出来放草以前，去洗澡的地方呵。

“在广大的园林里，在水边，像一个情女在花烛之夜，月亮在那里打扮；她在水里照影。

“情郎在等待花烛之夜呢，王，在隐蔽的泉边。——”

这样子我的话愈说愈大胆，简直很断然了；然而，然而我知道什么呢？这就是预言吗？……我唱歌的调子愈来愈柔和，愈动人，或者愈委靡：

王，这旅程要完结在哪里呢？
是在死的安息中吗？
显然在北方，在柔和的天底下，
在棕榈树退色的地方，有旁的园林。
你思量什么呢？王，你睡了吗？

王！我到底什么时候能看见你呢？好让我，将来在多少个晚上，回答小孩子们说：不错，是这样，当他们问我说：爱尔·阿虔！爱尔·阿虔！人家领你到旷野里看什么呀？看一个穿华丽衣服的王吗？

王！我的全灵魂叹息哪，我的灵魂因思君而憔悴了……

渐渐的，我愈说话，我愈觉得爱慕他了，因此，在第三夜，当我唱起了以后，我看见他走出了篷帐，走到了天光里，身上穿华丽衣服，脸上却掩了一方面纱……当我还要问，而且自以为白问了：王！你到沙漠里看什么呢——当我出乎意料地听见他用一种比我所听见过的什么歌都幽微的声音回答我说：

"看一个先知——甚于一个先知——爱尔·阿虔！好香客，就是你！明天你进我的篷帐，"那时候我竟至缄默了，整夜里因爱慕而一直啜泣到天明。

可是第二天，沙漠上笼罩了蜃气；绿洲本来已经绝迹了许久；隐隐的在积水的地方，露出一个棕榈树的瘦林，被蜃气扩大了，以致从远处看来，宛然是一个神奇的绿洲。我对你断言，不管什么——高峻的城市，棕榈树，水——对于我们，都没有比这些蜃楼更骗人了。有时候，天一亮，我们就向它们进发，到晚上也无非叫我们受罪，眼睁睁地看它们起初慢慢地远离，然后在渐浓的冥色中，次第消溶。——我们将奋起了重新奋起，不断地进行，爱尔·阿虔！在希望中，直走到死；我们将直到底，自励以一种不知道的幸福的幻影——正如一个人，为的要在永睡里安眠，辛辛苦苦地给永睡预备一个梦。——死了的王啊！在你没有幻影的长眠中，你永远渴望泉水吗？——乐园的幻影啊！那个人有福了，如果只有黑色的死能在他身上把你们消灭。神！你是惟一的真实。——我知道得清清楚楚，有些人兴许会说那不是非现实，说客体是在别处，我们将终结于寻找它们——这里就是它们的飘浮的假象，为炎热从客体上离析下来了，向我们招摇，近在目前，而抓不到手中。可是，既然我们不能拿住它，神为什么把它招展出来呢？——我们在早上总茫然不知所措，当前面的天边似乎在加饰流苏的时候——甚至于过去在我们看来也失去了不移的确实性，仿佛，当我们转向太阳的时候，一切都溶了，差不多化成流体了。——可是我此刻所赞叹的，使我满贮了忍耐的，就是想，啊！可怜的群众！想你们的信赖是多么大！从其中生出了我的同情……究竟他们知道他何所期望于他们呢？ 他们自己又何所期望于他呢？ ——只要相信前面有一个目标，相信王至少是知道这个目标，抱了确信来领导他们，就足以叫他们前进了。他们如何柔顺的一无所知而追随不舍：——要知道王对我说的话，我决不以为能启示给他们；而且，他们也不会懂。而且他，他自己，对于他所讲的前途，有多大的确信呢？如果他现在相信有那个婚姻盛典，这不是在他听我那么唱了以后吗？可是他如此柔和，如此深信不疑地讲他成亲后会生的，将带有他那个返老还童的名字的孩子，这个名字谁也不知道，却要支配所有的人民；他讲得如此断然，如此严正，以致不问过去如何，甚至于就为了我不了解，我不能不相信。

“爱尔·阿虔！”他就对我说，“你必须，听好，用全力来信我；要这样才可以达到未来的功业。”

“王，我因为爱你，我已经信你了。”

“歌唱吧，爱尔·阿虔：现在唱那些园林，情女在那里等我——可是不要跟我讲她吧。”

一边想棕榈树的单调的画景，我一边对自己说，要叫沙漠的居民做梦，必须讲北方无数的繁枝，各式各样的树干；于是我歌唱深林，豁谷，树叶和青苔的气味，朝雾暮霭，夜里的凉爽，昼间的快适；牧场上美好的湿润。王悠然地听我唱。我讲那边的工作更容易；快乐带有更多的微笑；天蓝更澄清；空气没有这样灼热，夜间没有这样如火烧。

“我们快要到那里了吗？”他问。

“我们快要到那里了。”我回答。

“唱下去吧，亲爱的爱尔·阿虔！”

“那边，”我唱道，“流着不咸的水。啊！河里那些冰冷的石子将如何愉快地承受我们的脚啊……”

歌唱里半夜过去了。

我不晓得我的歌是否给王增加了确信，可是我自己是由此而非常坚定了。凡是我唱的都变成真的；唱过了我就信以为如此。在群众的面前，平常我总是裹在沉默里；他们相信王领导他们就够了。我讲起话来呢，我就说：

“王引导你们，他知道他爱去的方向。可是我关于这个有什么可讲呢？我自己在他面前算得什么呢？在你们面前，的确，是先知；在王的面前，不过是一个侍仆。”而且我向他的篷帐俯伏，以作顺从的榜样。

然而，每个下午都变得愈加沉闷。当蜃气不出现的时候，我们，一点也不假，面前只看见一片赭色的，有时候起伏如丘陵的沙子。为遣怀起见，我想像更惨的苦行，出奇的困境。我们在营幕里仅仅带了几个女人，可是我规定了接触她们的时间；然而他们并不像我这样的心里装满了对于王的爱慕。我在他们面前，表彰满足，而且为的叫他们不再问我，我只断言不连贯的事情：对顺从者作善报的期许，对背叛的作惩罚的恐吓。然后我回到王只有在夜里许我进去的篷帐那边去——直到晚上为止，我觉得我的确信一点点失去，接近了王才重新生出。——可是我不明白，我白天委靡了，王在夜里怎样会完全知道。

“爱尔·阿虔！”他用一种愈来愈低的声音对我说，“我是在你的信心里安息的；我在你对于我的信心里汲取我生命的确实性。”

我当时并不了解，可是，每逢怀疑了一天以后，晚上我看见他愈加衰弱。唉！所以每天早上我都觉得信心愈加软弱呵；然后，我整夜在他的旁边重振我的信心，他却并不因此而坚强。

“爱尔·阿虔！”他就说，“多疑的先知！你的爱慕多薄啊！我值得因此而生吗？”

“喔！”我回答，“我爱你，王，我尽量的爱你。完全动摇的是在正午；夜里我坐在你旁边，我给热心烧透了。为什么我不能成天待在你的篷帐里呢？那样我们才可以历久的互相安慰；白天我也同样爱你呢；我眼巴巴地盼望天黑，我因思君不见而哭泣。为什么你不让人更深的认识你啊？我只希望认识你。啊！如果我能够看见你的面孔，王，我会因此完全振作起来了。”于是，王握了我的手，我心绪乱得不堪了……我的柔情因此而增加了，可是我的信心却摧了——这只手这样的发烧呢。

第二天，尽日前进中，靠近他那个还开着的篷帐，满望他可以听见，我唱着：

我的篷帐浮在沙漠上。

　　像航在如焚的海上。

幕布的门啊，愿风来扬起你！

我的篷帐的门啊，有日光照入你。
揭起来吧，幕布的门啊，
让我的欲念走进去吧。

可是风并不吹拍幕布，有如拍船上的帆布。王成天在睡，并没有听见我歌唱。于是我用了更像低语的调子接下去：

我的好朋友睡在篷帐里。
　　我是在守护他的清睡。
当我独自的时候，我是在等候我的朋友。
　　我只有在夜里才去找他。
现在是正午的炎热完全烧起来的时候，
整个的大地都渴得怕得等候得憔悴了；
这时候哪怕是好汉的意志也沮落，
这时候哪怕是明哲的思虑也茫然，
这时候哪怕是清白的身子也会变节——
正如渴望是爱的欲望，
爱是接触的渴望——
这时候凡不是火的一切
在这种酷热下全都失色。

有的人到晚上再也找不回他们的勇气，

被如许的炎威迫剩了奄奄一息；
有的人沿沙漠，到夜里还寻找迷失的思绪
而终于白费了气力；——
因为我的朋友的缘故
我毫无恐惧地等待柔和的黑夜。
黄昏来的时候，我的朋友就醒了；
我去找他，我们长夜的互相安慰，
他使我的目光漫游繁星的园林。
我对他讲北方的大树，
讲清凉的水池；月亮，天宫的牧羊人，
像一个情女，去那里洗澡；
他为我解说惟有会消灭的东西
创造了言辞，
说凡是不会消灭的
有了讲话时间而永远沉默——
说他们的永恒反而会讲他们。

为了沙漠上的寂静而如此歌唱着，简直不知道为什么我因歌里所转述的，王告诉我的这种奇怪的话，而非常害怕了。

这一夜，当我在很幽暗的篷帐里重见他的时候，他很委顿。

“王，”我对他说，“我必须要一个信物，以证你我的盟好；好叫我不见你的时候可以有它，昼间我可以看它。”

“怎么，”他回答，“爱尔·阿虔，你不明白你自己就是我和人民之间的信物吗？而且你与我之间不能有任何表记，既然我对你什么也不掩饰。你还要什么呢，除了我自己？你心里只有我，我知道，可是你还没有完全把人民搁在心里；然而他们只有从你身上认识我；我是借你的脸而在他们的面前出现，我是借你的声音而对他们说话。你对他们还讲得不够呢；因此你怎么叫他们爱我呢？”然后，他显得很悲哀的样子，用一种稍稍变了一点的声音继续说：“当然我要给你看我的面孔；可是看了以后你的爱情仍不能满足。”于是离开了床，像虚弱的病后的人一样的踉踉跄跄，他揭起了篷帐的幕布，在苍白的天空面前，露出了他的苍白的面孔。他有一种灵异的美，似乎是非我属类的人，——可是说不出的苍白，而且表情如此委靡，弄得我的信心渐渐消失了。同时我觉得代之而起的一种人间的爱情侵入了我的心坎。我在他面前不动也不说话，一直到俯伏在他的足前……我用两臂抱住了他虚弱的双膝，随后，我想来晕倒于柔情，于疑虑，于悲痛了，当我觉得他一只太温暖的手按在我这个太热的额上。

就在第二天，经过了长时期的跋涉，爬过了一个极高的沙丘，傍晚的时候，我们喘不过气来的欲望的前方，出现了一片淡蓝的湖面或是海面。于是，走在前头的人，大喜若狂地呼叫后边的人赶快，全人群中起了一种不可名状的骚动；仿佛一见到一种近在目前的清新，早已满足了他们的盼望中的灵魂，够叫他们解一夜的渴了；——像在祈祷中似的俯伏在地上，他们向水那边呼喊，他们的渴，自觉该已经解了，变成了官能上的耽乐。这是一种得了解放的，感激的欲感的呼声和歌声；另外许多人在那里跳舞。谁也不再想前进了；仿佛无需满足；只有期许，就已经够了；仿佛口渴居然可以用咸水解了，爱情可以用幻影，希望可以用梦想哪。——离岸边只剩了五六里，可是我们经过极大的疲劳以后，被这个极大的喜悦摧残得不堪续进了。当然，王在他那个总走在前头的驾床上，听得见人民的狂喜。轿夫在沙丘的斜坡上停住了，御帐也立好了。太阳侧向斜晖所染红的一片上升的雾霭或尘土；海背后的天边溶成一片华贵的金黄：一瞬间水因天空的反照而显得像燃烧了，于是突然间，太阳不见了，夜色四合，完全关闭了。

我知道有时候潮水在平地上会涌得很远，不熟悉的海滨往往是危险的——所以我庆幸我们在那里停住了，还够远，够高的屯扎在山坡上。营幕搭成了；夜火照耀着。王的篷帐，差不多像没有灯火的，搁在营地的前面，像一个孤立的海岬：海似乎把黑夜填满了。——我走近王的篷帐。

他站着，撩起了布门，俯出帐外；他面上没有戴面纱，眼睛向夜色里探视。他看见了我以后：

“我一点也看不见海，”他说了，“爱尔·阿虔！”他讲得很神秘；一听见他说我的名字，我感觉到一种宛如情爱的蜜意。

“这是因为夜色关闭了，”我回答，“月亮快要上来了。”

“我一点也听不见海，爱尔·阿虔。”

“啊！王，这是因为它非常平静，因为我们离开它太远。”

“爱尔·阿虔，”他慢吞吞地接下去，“为我而准备的婚礼，为我们而生的盼待，是在这一带水的那边。爱尔·阿虔！虽然在夜里，你得在夜里，谁也看不见你的，下海去；你走到岸边的时候，月亮准上来了；你看看是否望得见对岸；望得见什么在对岸；是否终于认得出许多树，那些大树你已经在你的歌里讲过了。去吧，我的爱尔·阿虔！亲爱的爱尔·阿虔，快上那边去吧，然后立即回到我这里来。”

我走了；我去了，不管我怎样疲倦。我下了山坡，立即感觉到遍体沉重地裹上了黑夜。回头向营地望去，我再也看不见那里的火光；一重不透明的浓雾把它们遮断了，我在浓雾里步步深入，当我一步步向海边走去。我信任月亮会引我的脚步回去。我非常疲倦，疲倦到忘记了我的希望。我记得，我当时很讶异空气太平淡；充满了空气的湿气，并不照例的带有海水盐味的苦涩，宁使人想起沼地蒸发出来的臭气。正在进行，突然间，面前这一片雾气颤了，动了，闪出了银辉了，开了。

它浮在一种异样的平静所充满的平原上。我挨着一片苍茫的神秘，那里面水波不兴；可是那上面却笑着，闪耀着月亮的妙影，无穷尽地放大了。陆地一点也不突兀地终止了。这一片平沙只是延盖上另一种东西，这种东西反映着寂寞，而我知道并不是水。我前进；我踩入：像踩入了非世间所有的物质，不完全是固体，也不完全是液体，压在我的脚底下就流动，不然就固定，可是像并没有充分的凝结。我的左边，一个突出的沙角伸到了那里，坚持着，这是一个细长的海岬，长满了纤弱的灯心草。我向那边走去，……以后一看，面前不再是陆地，也不是水……一片泥泞，上面罩了一层盐的薄皮，被月光微微的染上了银色。我还想前进；这层脆弱的薄皮破了；我陷入了可厌的泥沼。抓住了灯心草，跪一下倒一下，我回到沙地来休息。我坐在那里；我眺望，而对着这个荒凉的，用盐层掩盖，而被我的体重压了一个洞的泥海，我惊愕得这样厉害，以致我不再感觉到，甚至于不再感觉到我的绝望了。累倒了，吓呆了，我抬头向光明的寥廓里望皎洁的月亮，它似乎笑着，它照耀着这个不可测的，阴惨的平面，比沙漠还阴惨呢。

现在月亮升得更高，把天边照得更光明，照出了海的那边并不远的对岸；似乎有许多大树在那里低垂……可是我坐的沙地渐次陷落；我得离开海岬，退回海所终止的岸边。我伏在地上，现在完全感觉到我的孤独，这一片苍茫的周围……这个海呢，尽管狭，我心里想，仍不能飞渡……突然间全部的毅力都舍我而去了；它并不是逃了，我想；它只是消失如水竭于沙，它消失个一干二净。我忽然觉得没有勇气，觉得变成一个信念全失的人。仿佛袭来了，在我的心上伸张了，展开了一片无泪的悲恻，比沙漠还寥廓，和沙漠一样的阴惨。

我太疲乏，无法立即回到营幕去，而且我有什么话可以对王说呢：可是，不管怎样，这一夜的光辉是那样清，那样适意，使得我失措的精神很舒服。然而，破晓前的夜气把我兴奋了，生怕遇见人从营幕下海来，发觉海是假的，于是用无聊的哭泣打扰我的愁苦，当我一望见终于愁惨了的夜在发白的山头上坐礁了，我就重新上路，走回营幕。

从天的四方涌起来的晨光！啊！哆嗦的膝头，伸开的两手，阴影皇皇然的紧抱……先知，我就是。——王！自从你再也不能说什么以后，我会对你的人民讲话了。啊！沙漠里长途的跋涉吗？莫名其妙的盼望；要断下来的膝盖；愈来愈增加的渴；平淡无奇的时间的流逝；夜里的疲惫；昼间的冗长；到晚上便消失的绿洲。——北方的树木；漠然中想要的枝条；啊！海岬！伸入天边的海岬，在那上面前进；在那上面前进；到那里的尽头便再也不能进了……营幕上月亮的白光，完了的夜；从天的四方涌起来的晨光……于是，喔！撩起的帷门；我进入的神秘的篷帐！重新垂下的帐门，像沉默重封了一个秘密；我侧身去看的卧床，上面照着一点将灭的火焰；凹得可怕的，似乎空了的卧床，那里躺着失去了生命的王。

王，你错了；我恨你。我并非生来是先知；你一死我才变成了先知；因为你不再讲话了，因为我该对人民讲话了……委弃在沙漠里的人众，我只是为你们而哭泣。——你呢，形销影灭的王，我会恨你，我自己知道吗？……可是我烦腻得，饿得，疲倦得委顿不堪了，为了那样的爱你；而且想起同你一起过的那些夜来无非叫我愈加感到寂寞的难耐。

我直到那时候为止，并不爱人民，可是从那时候起，我怜悯他们了。你会轻爱他们吗？你是为的什么好处领他们离开了城市？你的婚宴的喧声并没有传到我们这里来。我们并没有听到笛声和铙钹声。我们的耳朵充满了盼望。婚宴的喧声早就息了，婚礼的庆祝在哪里举行呢？王，我将不再讲它了……谁也不知道婚礼之所以如此寂静无声者是因为在死中。

王，我得欺骗你的人民了，因为你早已欺骗了他们，因为我认识，我可怜你的错觉。王，我把你的苦难延长到了你的死以外。我倒走了你所走过的路。你引人民往沙漠；我把他们领回了城市；我把他们引入了餍足，以报偿，薄情的牧人啊，你沿不毛的沙地放我们去饱尝的饥饿……

晨光闪烁了；在平常的日子，这是我照例离开王的时分。我走出了篷帐，眼泪已干，容色稍整。还没有人走下海滩。我想先事准备他们将受到的绝望；当他们走到海边去的时候，作为惩戒，给他们一种可怕的懊恼：捏造一种罪名；给他们一个犯过的机会，以作惩罚的理由——好叫他们自以为他们的经历多少有一点自取其咎，而且，借此，即使并不减少悲痛，至少会变得服从我，怕我。我只有爱引导我，所以我只能用威吓领他们。于是，不顾他们的口渴，或者不如说就为了他们的口渴，我对他们说：

“王在试练你们的忠心。他定要先你们下这个为大家所望眼欲穿的海滩。我不是第一人吗？他说；我不该最先去洗手，去沐浴，去喝水吗？先我而下海去的活该受难；他这样妄为，会惨受惩罚。而且不只是一人受惩罚，只要有一人犯过，你们全要抵罪。因为我的愤怒将超过一切的期待，将溢出孽海的边缘。我务必，他对我说，要人民怕我，希冀他们的绝对服从；所以，这个过，即使一人所犯，也就表明全部的不服从。可是听好，我要到海边去，但并不在今天，也不在明天，要等到第三天的早上；试练就在于此：不管你们如何口渴，等下去。在未近海水以前，你们必须先立一个敬神的祭坛，以表示感恩，以供奉牺牲。这两天你们就做这件事情。你们要把祭坛立在离海滩不远的地方，不用怕这是在松动的沙上。你们要找石膏来粉饰，要在山脚上搬取黏固的沙块。你们要把祭坛底下挖空了，像一个地窟。来吧。我愿意你们全体动手。我急于要供奉。”

在两天的厌烦里，虽然是强制执行，工作进行得很快。我不知道他们中究竟有没有人偷偷地违背了我的命令。这没有多大关系。如果人人都服从，我想，海仍然会像现在这个样子的。大家永远可以假定出一个罪人，为了他别人都受苦，因为大家不能够知道自己心里面单独一个人会做的事情。

在两天的厌烦里，海是蓝的；对岸隐约可见，冠以刻刻在变化的海市蜃楼。为的让他们便于犯规起见，我老待在王的篷帐附近。夜里我走到海边去，那里的不可靠我早已认清了。我坐在离岸边不远的地方，一心想眺望。月亮升起来，比前一夜更满；因为不十分惊愕，我能以细看它了。那里的沉静似乎是实在的，是实有的东西，这似乎就是我的崇仰所寄了。因为我以前从不会知道有这等的良夜；我在心深处，比我一向能知道的深度还要深的，感觉到另一种爱，比我对王所怀的那种爱还要强一千倍，还要温柔，还要安定，似乎这片无边的平静就是给它的酬答。

结果，在愈加平和的第三夜，当月亮出来照我向岸边走去的脚步，当我这个疲惫的巡礼者，像一个夜里的窃贼，已经偷偷地把王抬到了肩背上，拉住了掩到他面上的大衣角（现在我本可以看到他的裸体了，可是已经是一具死尸，再也不值得作如是想了）。当我已经把它搁在我就为了这个目的而叫他们挖空的那个洞里了……于是，终于惨然地从我灵魂的爱中解救了出来，独自在夜里，我可以把我的欢喜喊出，可以把过去撇开了，让我的希望歌唱。我以前从不曾想到我会怎样的厌倦了这一次巡礼；可是，这一晚，最后一次向海边走去的时候，我看这片海而不再有恐怖了——其实，只有在自以为定当渡过的人才觉得可怖的，——我现在看见它如此美丽，以致感觉到前日的信心逐渐移转了；我的崇仰，素来热烈，可是王死了以后，发生了动摇的，现在甚至于扩大到无边的沙漠的边沿了；并且，因为我的更庄重的灵魂充满了威严，我认为这就是幸福了。

此刻我早已认为这是不可能的，我怀疑我没有当真达到过幸福。我记得我当时想歌唱，而不能够，因为现在不再为什么人了，以至于我只有在自己的心中说话，说了又说而并不了解自己的意思：王！到底谁死了呢？我怎么会如此活着呢？

欢喜？也许是；当时我不明白他如何会一下子就把我战胜的；因为他只是为了我死，而我确实是惟一爱他的人。他的空轿子在人民的面前必须当作仍然有人在里头而行进：我必须不断地证明我还看见他，我除了给他传话，不说什么话。我起初不明白这个诳骗的事实对于我有多大的重量，也不明白死了的王还在我诳骗里活着。因为，不断的想像，煽动了我的爱情。我只知道他已经死了；我只能够想像他还活着。有时候，在夜里在他的篷帐里，现在只剩了我一个人，我睡着了；我的无梦的沉睡变得像在扮演他的死，可是有时候，因为别人的缘故，在他的篷帐旁边，我假装为他唱歌；于是我想起了我们一同过的那些夜，悲伤我看见了他的面孔。我的苦恼拼命要坚持到底的假装他的存在。像给活人一般，每天给他送饭；我为了对别人表示他的存在而做的一切行为，无非帮助我愈加证明他的不在。我愈加觉得他应当存在，我愈加知道他并不存在。

从此以后我心头盘据了这种思虑，又有力又累人，恰正如一种欲念，当然我将会尝到灵魂的幸福，可是要等到我的灵魂从人民，从爱情，完全解放了出来的时候。

现在人民都离开我了；他们终于回到了城市。我把他们从沙漠里领回来了。他们并不曾爱我，因为我预言，并不温和，生怕动了怜悯；他们也并不爱王，因为我只给他安排凶暴的话。我不能讲仁爱；因为是为诳骗说话。我必须把他们欺骗到底；不自漏破绽。既然我没有力量，我可以不假装吗……可是我如今知道，如果世间有先知，那是因为他们丧失了他们的神。因为如果神并不缄默，我们的话有什么用处呢？

当然我也假造过奇迹；我叫岩石流水；我叫苦水变成甘泉；看见鹌鹑成群地飞来，我就说这是因为我预先作了祷告。当布巴克反叛的时候，我不知道如何制服他，如果我不发狠，我不威吓。再没有人怀疑我的力量了；只有我自己才不相信它。

我的放牧工作已经完了；我的灵魂终于得到了解放。现在快乐之下，我将要呼喊什么呢？我不再能只唱歌了。我不再能在晚上，沉浸在爱里，在市心的广场边大声唱诗，也不再能逗孩子们跳舞了。我不再能，只认识城市，不再能不曾走过沙漠了。——现在，爱尔·阿虔，我要干什么呢？王死了——我会知道吗？我想起了等待他的婚礼，仿佛他的一切都不会死……现在，现在城市的宫内，我知道王的弟弟大起来了……他等我的声音去领导他吗？我是不是将要同他，同另一群人民，重开始一种新的历程，我将一步步认识的……或者，如果这些生灵都充满了愁云惨雾，以及苦辛的死灰，我是不是要独自走下去——

像那些抱了一种秘密的人，徘徊在墓地的周围，在冷清的场所寻觅而得不到安息。

菲洛克但德[①]

或

三种道义解说

给　玛塞尔·德路恩(Marcel Drouin)

① 《菲洛克但德》并非为舞台而作。这是一篇道德解说；我把它和其余那几篇解说搁在一起，以示并无上演的意思。

《菲洛克但德》曾发表于《白杂志》(Revue Blanche)1898 年 12 月 1 日刊。

第一幕

雪的原野上灰暗而低沉的天空。

第一景

宇荔士与奈欧浦多伦

奈欧浦多伦　宇荔士，一切都停当了。船已经泊好。我挑了水深处，北面有屏障的地方，生怕冷风来吹冻了海。而且，虽然这个岛上，如此寒冷，除了巢居崖石的海鸟，似乎不住什么的，我还是把船搁在一个安全地点，叫岸上路过的，都不会看见。

我的灵魂也准备好了；我的灵魂准备牺牲。宇荔士！现在说吧；一切都停当了。整整十四天，伏在橹上或伏在舵上，你只说粗野的话，吩咐我如何驾驶，回避波涛；一见你顽固的沉默，我的问话立刻停止了；我知道有一种极大的悲哀压在你亲爱的灵魂上，因为你把我引往死地。我也缄口不言，觉得我所有的话都被海风太快的吹散在大海的无边上。我只有等待。我看见远远地落在我们背后了，大海的水平线背后了，我的父亲曾经在那里打过仗的司基洛(Skyro)美丽的海岸；又远去了金沙或顽石的群岛，我爱它们的，因为我觉得它们像琵罗司(Pylos)；我看见了十三次太阳沉到海里；每天早上它重新从波涛中出来的时候，总比原先苍白了，而且升得愈加慢，愈加低；到最后，第十四个早上，我们再也等不见它；从此我们就仿佛生活在夜与昼以外了。许多冰块漂在海面上；因为面前老是这种苍白的微光，再也不能睡觉了，我听到你所说的话就只限于给我指点冰山，好让我一荡桨躲了过去。现在说呀，宇荔士！我的灵魂是准备好了；不像那些牵去作牺牲，祭巴珂士(Bacchus)的雄山羊披满了祭典的华饰，而像伊菲吉妮(Iphigénie)走向祭坛，朴素，端整，不带装饰。当然，我本来愿意，像她一样，为了我的国家，死无怨言，死在希腊人的怀里，死在阳光普照的大地上，以我的从容就义表显我对于神的虔敬，我灵魂的美；伊菲吉妮是勇敢的，而不曾抵抗。没有光荣的死是难堪的。然而，神啊！我没有怨恨，虽然已经慢慢地离开了人群，离开了太阳底下的海滨……现在，到了这个冷眼相看的岛上，不见树木，不见日光，只见白雪掩盖了草绿，只见寒冱冻住了一切，只见当头的天空如此失色，如此惨白，宛然另一块平铺的雪地，远离了一切，远离了一切……仿佛死早就在这里了；

热情抛却了，我的思绪时时刻刻地越变越冷，越变越清，以至于这个皮囊现在只剩了一死了。

至少，宇荔士，要对我说因为我洒了忠血，已经满足了的神秘的宙斯就要准许希腊人胜利了；至少，宇荔士！说，你回头要对他们说我为了这个，死无畏惧……你回头要对他们说……

宇荔士　孩子，用不着你死，不要笑，现在，我要对你讲了。听我说，切勿打断我的话。愿天神因我们中牺牲了一个就满足了！我们到此地来干的事情，奈欧浦多伦，没有死那样容易啊……

这个岛，你看来是没有人住的，决不是如此。一个希腊人住在这里；他名叫菲洛克但德，你的父亲生前很爱他呢，当初他和我们一起驾驶艨艟，载满了希望，载满了骄傲，离开希腊，直指亚细亚；这是赫克利（Hercule）的朋友，我们中的贵胄之一；如果你一向不是远离营幕而生活，那你早就知道他的历史了。当初谁不赞他的勇敢？后来又谁不称之为莽撞？就是这一点性子使他失去了主意，上了一个不知名的荒岛，当我们停桡在近旁的时候。岸边的样子非常古怪；不祥的预兆挫折了我们的勇气。神意，伽耳卡思（Calchas）对我们说，要我们在这个岛上有所牺牲，我们中谁都等另外哪一个愿意下去；于是菲洛克但德含笑地自献了。一条不义的毒蛇在海边上咬了他。回到船上的菲洛克但德起初是含笑地给我们指点近足处那块小小的伤口。伤口坏起来了。菲洛克但德立刻敛去了笑容；面色苍白了，失神的目光充满了愕然而起的痛苦。几天以后，那只红肿的脚愈加沉重了；他是从不诉苦的，现在却开始非常悲惨地呻吟了。起初，谁都殷勤地挤到他身边去安慰他，排遣他；谁也办不了；非疗治他不可；到后来，证明了玛加翁（Machaon）的手腕对于他的创伤无法可施，——一方面他的呼号实在也挫折了我们的勇气，——当我们的船从那个岛驶近了另一个岛的时候，我们就把他留在那里，独自一人伴着他的弓，他的箭——今天我们就是来取这套武器。

奈欧浦多伦　什么！独自一人！你们把他撇下了，宇荔士？

宇荔士　呃！如果他一定会死呢，我们倒可以，我相信，再看护他一些时候。可是不：他的伤不是致命的。

奈欧浦多伦　那么？

宇荔士　那么我们就应该把一军的士气断送于一人的苦难，一人的哀号吗？显然你不会了解！

奈欧浦多伦　那么他的声音可怕吗？

宇荔士　不，没有什么可怕：只是可惨，以怜悯濡湿了我们的灵魂。

奈欧浦多伦　难道，最低限度，不能有一个人留下来守护他吗？把他撇下在这里，又病又孤单，叫他怎么办呢？

宇荔士　他有他的弓。

奈欧浦多伦　他的弓?

宇荔士　对了，赫克利的弓。而且我得告诉你，孩子，他的烂脚发出最难堪的恶臭，散满全船。

奈欧浦多伦　啊?

宇荔士　可不是?而且他念念不忘自己的苦楚，再也不能一心一意，矢忠希腊了……

奈欧浦多伦　算了吧。那么，宇荔士，我们是来……

宇荔士　且听我说下去，奈欧浦多伦：你知道，在特洛亚未遭永劫之先，多少血洒了，多少德性，多少忍耐，多少勇气；背离的家园，眷爱的故土……这一切都还不够。借了祭师伽耳卡思的口，神终于宣言只有赫克利的弓和箭，藉了最后一种德行，才会把胜利归诸希腊。就为了这个我们动身了——祝福我们所派到的运气吧！——如今在这个如此僻远的岛上，一切热情都抛却了，似乎我们的命运终于要决定了，我们的最专一的忠心终于要在这里达到最完全的德行了。

奈欧浦多伦　仅仅是如此吗?宇荔士?而且，现在，说了一大堆话以后，你打算做什么呢?因为我的精神还是不肯完全了解你的话！说吧：为什么我们来到了这里?

宇荔士　为的取赫克利的弓；你不懂吗?

奈欧浦多伦　宇荔士，这是你的意思吗?

宇荔士　不是我的，而是神授予我的。

奈欧浦多伦　菲洛克但德不愿意给我们吧。

宇荔士　所以我们要用计取。

奈欧浦多伦　宇荔士，我憎恶你。我的父亲教我永远不要用计谋。

宇荔士　计谋强于勇武；勇武不能久持。你的父亲已经死了，奈欧浦多伦；我还活着。

奈欧浦多伦　你莫非说还是死好吗？

宇荔士　不是说还是死好，是说死比较容易，没有什么是太难的，对于希腊。

奈欧浦多伦　宇荔士！为什么你挑选了我？你干这个勾当，我的全灵魂所不赞同的，用得着我什么呢。

宇荔士　因为这种事情，我自己办不了：菲洛克但德知我太深。倘若他只见我来，他要疑心有什么诡计了。你的无邪可以掩护。这件事情，必须你来干。

奈欧浦多伦　不，宇荔士；凭宙斯起誓，我决不干。

宇荔士　孩子，不要讲宙斯，你不了解我。听我说，因为我苦恼的灵魂躲藏了，顺受了，你就以为我的悲哀不如你的深吗？你不认识菲洛克但德，菲洛克但德却是我的朋友。卖他，我比你更难忍受呢。神的命令是残酷的；它们就是神。我原先在船上不对你讲话，那就是因为我悲痛的大心连话都不想说了……可是你正如你的父亲一样的发脾气了，你不再听信理智了。

奈欧浦多伦　我的父亲已经死了，宇荔士；别讲他吧；他是为了希腊死的。啊！为了它争斗，受难，死——随便你叫我怎么办吧，——可是别叫我卖我父亲的朋友！

宇荔士　孩子，听我说，回答我：你不是先做全希腊人的朋友，然后做一个人的朋友吗？或者：国家不是重于个人吗？为了救一个人而毁了希腊，你受得了吗？

奈欧浦多伦　宇荔士，你说得不错，我受不了。

宇荔士　你不以为然吗：如果友谊是一种很可珍贵的东西，国家就是更可珍贵的东西了？……你说，奈欧浦多伦，怎样才算有德行？

奈欧浦多伦　教我吧，赖耳特(Laërte)的贤子。

宇荔士　镇住你的热情；使一切受制于义务……

奈欧浦多伦　可是义务是什么，宇荔士？

宇荔士　神的声音，城市的命令，我们给希腊的献物；正如我们看见许多情人在地上四处寻觅最珍奇的花朵以奉献给他们的情妇，而且愿意为了她们而死，仿佛他们不幸再没有比他们自身更好的东西可以奉献了，倘若你的国家于你是贵重的，你有什么太贵重的可以奉献呢？你刚才不是说国家后边立刻跟来了友情吗？阿伽门农(Agamemnon)还有什么比他的女儿更贵重的，倘不是国家，像在一个祭坛上，牺牲……可是，同样的，菲洛克但德，在他独居的这个岛上，有什么比这个弓更宝贵的可以奉献国家呢？

奈欧浦多伦　可是，宇荔士，倘若如此，问他要得了。

宇荔士　他会拒绝的。我不知道他的脾气，可是我晓得他的被弃激起了他对军队统领们的恶感。也许他以心念激动了神怒，也许他咬牙切齿地不再祝我们胜利了。也许触犯了的神要借手我们去重新惩戒他了。强他不得不抛弃他的弓箭以就德行，神对他也许会宽一点了。

奈欧浦多伦　可是，宇荔士，违心而做的行为是有功德的吗？

宇荔士　你不相信吗，奈欧浦多伦，完成神的命令比什么都重要，即使不得每个人的同意而完成？

奈欧浦多伦　你原先说的一切，我都同意；可是现在我不知说什么好了，我甚至于觉得……

宇荔士　嘘！听……你什么都没有听见吗？

奈欧浦多伦　听见的：海的声音。

宇荔士　不，是他！他那种可怕号叫传到我们这里来了。

奈欧浦多伦　可怕？！宇荔士，我倒听见了悦耳的歌声呢。

宇荔士　［侧耳］他真是在唱歌，他真好！现在剩下他独自一人，他就唱了。从前有我们在旁边的时候，他仅是哭。

奈欧浦多伦　他唱什么？

宇荔士　还听不清歌词呢。听：他走近来了。

奈欧浦多伦　他不再唱了。他停住了。他看见了我们在雪地上的足迹。

宇荔士　［笑］现在他又哭起来了。啊！菲洛克但德！

奈欧浦多伦　的确，他的哭声真是可怕！

宇荔士　去；跑去把我的剑放在那块岩石上；让他认识一种希腊的武器，让他知道他所看见的足迹是一个来自祖国的人的。——赶快。他走近来了。——好。——现在来吧；我们躲在这个雪堆背后去；我们可以看见他而不被他看见。他将要怎样地咒骂呵！“倒霉的希腊人，”他会说，“全给我覆没！军队统领们！你，奸刁的宇荔士！你们，阿伽门农，梅奈拉思(Ménélas)愿一个个被我的怨毒所吞噬吧！喔！死！我每天都呼唤的死，你难道聋了，听不见我的怨声吗？你永远不能来吗？洞啊！岩石啊！海岬啊！我的苦恼的哑子证人，你们永远不能……”

［菲洛克但德上，望见盔兜及武器搁在台中心。

第二景

菲洛克但德，宇荔士，奈欧浦多伦

菲洛克但德　［沉默。］

第二幕

第一景

宇荔士，菲洛克但德，奈欧浦多伦

［三人都坐着。］

菲洛克但德　的确，宇荔士，是在我远离了人群以后，我才了解了所谓德行了。生活在人群里的人是不能够，我相信，不能够做一个纯粹的，真正无私心的行为的。所以，你们……来这里……为什么？……

宇荔士　来看你，亲爱的菲洛克但德。

菲洛克但德　我一点也不相信，我也满不在乎；我重见你们的快乐是极大的，在我也就够了。我已经失去了探寻行为的动机的本领了，自从我自己的行为再没有什么秘密以来。我是什么，表现给谁看呢？我只有生存的挂虑。我不再呻吟了，明知道这里没有耳朵可以听我，不再希冀了，明知道我在这里什么也得不到。

宇荔士　你怎么不早一点停止呻吟，菲洛克但德？也许我们当时就把你留在身边了。

菲洛克但德　这是不必要的，宇荔士。同别人在一起，我的沉默便是虚伪。

宇荔士　而在这里呢？

菲洛克但德　我的苦痛，只有我自己知道，不再需要话语来表白了。

宇荔士　那么，自从我们分别以后，你就一直沉默下来了，菲洛克但德？

菲洛克但德　不。自从我不再用来表示我的痛苦以后，我的怨声变得很美了；以致我从其中得了安慰。

宇荔士　很好，可怜的菲洛克但德。

菲洛克但德　最要紧，切勿怜悯我！我不再希冀了，我已经对你说过，明知道我什么也得不到……从外界什么也得不到，的确，可是从内心可以得到许多；是从那时候起，我才希求德行了；我的灵魂完全倾注在那里，虽然痛苦，我在平静里安息了——我是安息在那里的，至少当你们来的时候……你笑吗？

宇荔士　我晓得你已经知道如何消遣了。

菲洛克但德　你没有听懂我的话——你不珍重德行吗？

宇荔士　当然珍重：珍重我的德行。

菲洛克但德　你的德行是哪样的一种？

宇荔士　你不会听懂我的话……不如讲希腊人吧？你的孤独的德行已经使得你不再记得他们了？

菲洛克但德　为的不再激起我对他们的恶感，的确是如此。

宇荔士　听好！奈欧浦多伦。——那么，征战的成功，为了它……

菲洛克但德　……你们把我撇下了……你干吗要我想起它来呢，宇荔士？你们把我撇下了，是为的战胜，是不是？那么我为你们希望你们做了胜利者……

宇荔士　要不然呢？

菲洛克但德　要不然我们要相信希腊太伟大了。至于我，我在这个岛上，你知道，一天一天地越变越不是希腊人，越变越是人了……然而，当我看见你们的时候，我觉得……阿基利(Achile)死了吧，宇荔士？

宇荔士　阿基利死了，与我做伴的是他的儿子。怎样！你哭了，菲洛克但德？……如此追求的平静……

菲洛克但德　阿基利！……孩子，让我的手抚摩你如此美好的头额……已经很久，很久，我的手只接触僵冷的胴体了；甚至于我射杀的飞鸟的尸体，掉在波上或雪上，当我的手伸去就它的时候，也已经冻得就像它们所飞渡的大气最高层那样的冰冷了……

宇荔士　你说得很好，就一个受苦的人来说。

菲洛克但德　无论我到什么地方，我永远是希腊的儿子。

宇荔士　可是你没有可谈的人了。

菲洛克但德　我已经对你说过；你没有听懂我的话吗？自从我不再与人讲话以后，我就说得更好了。我的事情，在打猎与睡眠之间，就是思想。我的观念，在孤寂中，因为没有什么来搅扰，甚至于痛苦也不来搅扰的，取了一道微妙的蹊径，有时候我很难于追踪。我对于人生了解了我的教师们所未曾为我指示的许多秘密。我也从事于对自己讲述我的痛苦，而且，如果字句很美，我就从其中得到同样程度的安慰了；有时候甚至于谈起了我的悲哀，我就忘记了我的悲哀。我明白世间的言词一到不再应要求而说的时候就更加美。身边既然再没有耳朵，再没有嘴了，我乃只应用我的话的美；我沿海滨叫嚷，把我的话散遍全岛，小岛听着我的时候，显得不十分寥寂了；自然仿佛与我的悲哀相似了；似乎我就是自然的声音，似乎哑口的岩石都等我来讲述它们的痛苦；因为我晓得我的周围一切都是病的……而且这种寒冷也不是正常的，因为我想起了希腊……我渐渐地养成了舍自己的苦难而镇抚外物的苦难的习惯；我觉得这样较好，怎样对你说呢？不但如此，这种苦难是相同的，我同样得到了安慰。而且我在讲大海，讲绵延不绝的波浪的时候，才得到了最美的句子。我要承认，宇荔士，——宇荔士！——有些句子是美得直叫我悲泣世间没有一个人能听见哩。一个人的灵魂，我觉得，听了它们一定会改变的，听，宇荔士！听，还没有人听见我的句子呢。

宇荔士　我看你已经养成了只顾一口气讲话，滔滔不绝，不许他人打岔的习惯了。得，背你的书吧。

菲洛克但德　［朗诵］海波的无涯际的微笑……

宇荔士　［笑］可是菲洛克但德，这是艾思基列（Eschyle）的句子。

菲洛克但德　也许是……这个你听来觉得不舒服？……［重起头］海波的无涯际的呜咽……［沉默］

宇荔士　还有……

菲洛克但德　我不知道了……心绪乱了。

宇荔士　算了！你下次再说吧。

奈欧浦多伦　啊！如果你继续下去呵，菲洛克但德！

宇荔士　你看！孩子一直在听你哪！……

菲洛克但德　我再也不知道怎样说了。

宇荔士　［立起］我让你自己去理一下思绪。一会儿再见。菲洛克但德。——可是，你说：决没有如此难堪的幽囚生活吧，既然有如此的休止，如此的忘却，如此的犹豫？……

菲洛克但德　的确，宇荔士；有一天，一只鸟掉下来了，那是我射中的，不过受了我的箭伤，我希望还可以救活。可是怎样保持这个腾空的热情，那是飞翔的，掠过这块如此崎岖的地面，这里的寒冷甚至于给了水以我论理的思维的形状，冻结了呢？鸟死了；我看见它不久就死了；为的要温暖它，我用吻，用呼吸来闷窒它。它因缺少飞翔而死了……

同样，我觉得，亲爱的宇荔士，诗的激流，一涌出我的嘴唇，就凝结了，以不能流布而死了，使它有生气的内炎也次第消退了。不久，我将要变得，永远活着，而完全是抽象的存在了。寒冷侵袭我，亲爱的宇荔士，我现在十分惶恐，因为我在那里，甚至于就在寒冷的严凛里，发现了一种美。

我安然地走在物上与凝固的液体上。永远不再做梦了，我思索。我再也不尝一点希望，因此永远再不会醉了。当我在这里，这里到处都是坚固的石头，扔一点什么……就算是一粒谷吧，许久以后，我可以原封不动地找到它；它决不会发芽。这里，什么都不变，宇荔士：一切是什么，就常是什么。总之，在这里可以静观默察！——我还保存着那只死鸟哩；就是这个；太寒冷的空气使它永远不会腐烂。我的行为，宇荔士，我的话，都像冻结了，持久的，像一圈磐石似的把我围住了。每天，看见它们在那里，所有的热情都沉默了，觉得“真理”总是越来越坚定——我愿意我的行为同样地越来越坚固。越来越美；真，纯，结晶化，美，美，宇荔士，就如同这些清明的冰花的结晶，那里，只要太阳照来，就可以完全照澈。我一丝都不愿阻碍宙斯的光明。我愿它照澈我，宇荔士，像照澈一个三棱镜，愿这片曲折的光明使得我的行为无限光华。我愿意达到最高的透明，完全除去了我的朦胧，我愿意，看着我的行动，你自己也觉到这片光明……

宇荔士 [走开]得，再见。[指奈欧浦多伦]同他谈谈吧，既然他爱听你。[下]

第二景

菲洛克但德，奈欧浦多伦

奈欧浦多伦 菲洛克但德！教我以德行吧……

第三幕

第一景

菲洛克但德[上场。]

菲洛克但德 [为惊讶与痛苦所激恼]瞎眼的菲洛克但德！认识你的错误，哭你的愚蠢吧！重见希腊人就迷了你的心……我听清楚了吗？——千真万确，宇荔士坐着，旁边是奈欧浦多伦，不知道我就在旁边，他们甚至于没有抑低讲话的声音；宇荔士，嘱咐着奈欧浦多伦，教他卖我；对他说……苦命的菲洛克但德！他们重到你身边来，是为的要夺你的弓呀！他们如何的需要它呵！……宝贵的弓，喔！我所剩的惟一的财产，没有它……[侧耳倾听。]人来了！自卫吧，菲洛克但德！你的弓是好的，你的臂是靠得住的。德行！德行，我如此爱惜的，在孤独的时候，我沉默的心原是平静的，在远离他们的时候。啊！我现在知道他们所提供的友情的价值了！希腊是我的祖国吗？我所憎恨的宇荔士，还有你，奈欧浦多伦……他当时却如何的倾听我呵！何等温存呵！孩子……和他的父亲一样美，喔！比他的父亲还要美的……怎么他在一副如此纯洁的面貌底下藏了这样一个想头呢？“德行，”他说，“菲洛克但德，教我以德行吧。”我对他说了什么呢？我只记得他了……不管我对他到底说了什么，现在有什么关系呢！……[听]脚步声！……谁来了？宇荔士！[拿住弓。]不，是……

[奈欧浦多伦上。

第二景

菲洛克但德与奈欧浦多伦

奈欧浦多伦　[呼唤]菲洛克但德！[走近，欲倒状]啊！我病了……

菲洛克但德　病了？……

奈欧浦多伦　是你扰乱了我，还我平静吧，菲洛克但德。你所说的一切都在我的心里发芽了。当你讲的时候，我不知道如何回答。我听；我的心率直地对你的话敞开了。你沉默了，以后，我还是听。可是现在，一切都乱了，我是在等待。讲吧！我还没有听够呢……应该尽忠，你说是？……

菲洛克但德　[坚定的]……尽忠。

奈欧浦多伦　可是宇荔士也如此教我的。尽忠于什么呢，菲洛克但德？他说是忠于国家。

菲洛克但德　……忠于国家。

奈欧浦多伦　啊！讲吧，菲洛克但德；你得继续下去，现在。

菲洛克但德　[避开]孩子……你会开弓吗？

奈欧浦多伦　会。为什么？

菲洛克但德　你能张这个弓吗？

奈欧浦多伦　你想……我不知道。[试弓]成；也许。——你看！

菲洛克但德　[背语]多容易！似乎这是……

奈欧浦多伦　[迟疑]现在……

菲洛克但德　我看见了我所愿意看见的了。[收回弓。]

奈欧浦多伦　我不懂你的意思。

菲洛克但德　没有关系，唉！……[意转]听，孩子。你不相信神在希腊之上，神比希腊更重要吗？

奈欧浦多伦　不，凭宙斯起誓，我决不以为如此。

菲洛克但德　那么为什么呢，奈欧浦多伦？

奈欧浦多伦　因为我所侍奉的神无非侍奉希腊罢了。

菲洛克但德　什么！神也屈就吗？

奈欧浦多伦　并非屈就……可是，看！你知道在希腊以外没有人知道他们，希腊是他们的祖国，正如是我们的祖国；侍奉我们的祖国，就侍奉了他们，他们与我们的祖国无别。

菲洛克但德　然而，看，我可以对你谈他们呢，而我已经不属于希腊了——而且，我仍然侍奉他们……

奈欧浦多伦　你以为如此吗？——啊！可怜的菲洛克但德！我们不容易避免做希腊人的……甚至于……

菲洛克但德　甚至于？……

奈欧浦多伦　啊！如果你知道……菲洛克但德……

菲洛克但德　如果我知道……什么？……

奈欧浦多伦　［改口］不，你讲吧；我是听你的；你倒发问了……我觉得宇荔士和你，你们的德行不一样……可是在应该讲的时候，你本是讲得那样好的，你却沉吟了……尽忠于什么，菲洛克但德？

菲洛克但德　我本想对你说：忠于神……可是这样一来，神之上，奈欧浦多伦，该有些什么了。

奈欧浦多伦　神之上？

菲洛克但德　不错。因为我不像宇荔士一般地行动。

奈欧浦多伦　尽忠于什么，菲洛克但德？神之上，还有什么？

菲洛克但德　有……［两手捧头，委顿状］我不知道了。我不知道……啊！啊！自己！……我不会讲了，奈欧浦多伦……

奈欧浦多伦　尽忠于什么？说呀，菲洛克但德……

菲洛克但德　尽忠……尽忠……

奈欧浦多伦　你哭了！

菲洛克但德　孩子！啊！如果我能够给你指点德行呵……［猝

然起立。]我了解宇荔士了！再见……[引退，且行且语]我会再见到你吧？

奈欧浦多伦　再见。

[宇荔士上。

第三景

宇荔士与奈欧浦多伦

宇荔士　我来得正好吗？他说了什么？你讲得不错吧。我的学生？

奈欧浦多伦　托你的福，比他高明。可是有什么关系呢？——宇荔士……他把弓交给我拉哩！……

宇荔士　他的弓！开什么玩笑！那么你为什么没有把它留下来呢，阿基利的儿子？

奈欧浦多伦　没有箭的弓有什么用处呢？弓在我手里的时候，他小心翼翼地收紧了箭。

宇荔士　乖巧的朋友！……他怀疑吗，你以为？他说些什么？

奈欧浦多伦　喔！什么都没有，差不多。

宇荔士　他又对你讲他的德行了没有？

奈欧浦多伦　他原先是讲得那么好的，一经我发问，他就不说了。

宇荔士　你看！……

奈欧浦多伦　听我问我们尽忠于什么，要不是忠于希腊，他对我说……

宇荔士　他对你说？

奈欧浦多伦　说他不知道。听我说，照你所教我的说，就是神也屈从希腊呢，他回答说：那么神上该有……

宇荔士　什么？

奈欧浦多伦　他说他不知道。

宇荔士　哎！你看如何。奈欧浦多伦！……

奈欧浦多伦　不，宇荔士，我觉得我倒明白了，现在。

宇荔士　你觉得明白了什么？

奈欧浦多伦　一点道理。因为，究竟，在这个如此孤独的荒岛上，当我们不在这里的时候，菲洛克但德尽忠于什么呢？

宇荔士　可是，你刚才说了；什么都没有啊。孤独的德行侍奉什么呢？不管他以为怎样，这种德行发出来毫无用处。他的字句侍奉什么吗；尽管美到什么地步……它们把你说服了没有，你？——我也没有啊。

他如此生活，独自一人在这个荒岛上，我已对你说明了，是为的使军队从他的号叫声，他的臭气中解救出来；这是他的第一度尽忠；这是他的德行，不管他怎样说。他的第二个德行，倘若他是如此有德行的，那将是，当他失去了他的弓的时候，善自安慰，认定这是为了希腊。另外还有怎样的忠心可以想出来呢，要不是为国家？他等待，你知道，我们来申请呢……可是，因为他也许会拒绝的，最好还是强他行德，逼他牺牲——我们以为最妥当是把他催眠，看这个瓶……

奈欧浦多伦　啊！不要说得太多吧，宇荔士……菲洛克但德，他是沉默的。

宇荔士　那是因为他没有什么可说了。

奈欧浦多伦　是为了这个他才哭的吗？

宇荔士　他哭他错了。

奈欧浦多伦　不，是为了我他才哭的。

宇荔士　［微笑］为了你？……始以糊涂的，继以傲慢而称之为德行了。

奈欧浦多伦　［突然啜泣］宇荔士！你不了解菲洛克但德……

第四幕

第一景

菲洛克但德，奈欧浦多伦

菲洛克但德独坐；似因痛苦而不能自持——或在凝思。

奈欧浦多伦　[疾行而上]愿趁早寻到他啊！……啊！是你，菲洛克但德。赶快，听我说。我们到这里来做的事情是可憎的；可是愿你比我们伟大：宽恕我们吧。我们是来……喔！我无面目讲它……来盗你的弓，菲洛克但德！

菲洛克但德　我早已知道。

奈欧浦多伦　你没有听懂我的话……是来盗你的弓，我对你说……啊！自卫吧！

菲洛克但德　防谁？防你？说吧，我的奈欧浦多伦。

奈欧浦多伦　当然用不着防我：我爱你，我向你告密。

菲洛克但德　你卖宇荔士……

奈欧浦多伦　而且自陷于绝境……我是忠于你呀。你爱我吗？讲吧，菲洛克但德。可不是德行就在这里吗？

菲洛克但德　孩子！……

奈欧浦多伦　看我带给你的东西吧。这个小瓶的使命是把你催眠。可是我，我把它交给你。就是这个。这就是行德吧？——对我讲吧。

菲洛克但德　孩子！达到高超的德行只有一步一步走的；你在这里做的却只是一跃。

奈欧浦多伦　那么教我吧，菲洛克但德。

菲洛克但德　这个瓶是要把我催眠的，是不是？［取瓶，观看。］小小的瓶呵……你，至少，不至于达不到目的！看见我怎样做吗，奈欧浦多伦？［饮］

奈欧浦多伦　什么！可怜的，这是……

菲洛克但德　告知宇荔士，你对他说……他可以来。

［奈欧浦多伦，愕然，且呼且奔而下。

第二景

菲洛克但德，其次宇荔士与奈欧浦多伦

菲洛克但德　［独语］你将敬佩我了，宇荔士，我想强迫你敬佩我。我的德行盖过了你的德行，你自觉渺小了。得意吧，菲洛克但德的德行！满足于你的美吧！奈欧浦多伦，为什么不立刻拿我的弓呢？你愈加爱我，这于你愈加困难，你尽忠还不彻底呢。把弓箭拿去吧……［观看。］他已经走开了……

这药水有一种可怕的味道；一想到，我胸中就要作呕；我宁愿早点睡着……在一切忠心之中最傻的是忠于他人，因为这样一来，人家便高于他们了。我尽忠，不错，可是并非忠于希腊……我只有一点遗憾，就是我的忠心有利于希腊……不，我甚至于也不以此为憾……可是，那么，不要谢我：是为了我自己我才干的，不是为了你。——宇荔士，你将敬佩我了，是不是？——可是你将敬佩我吗，宇荔士？——宇荔士！你在哪里呢？要明白这一点：我尽忠，可是并非忠于国家……是忠于另外的东西，要明白这一点；是忠于……什么？我不知道，你会明白吗？宇荔士！你也许要以为我尽忠于希腊吧！啊！这副弓，这些箭将效力希腊了……把它们扔在什么地方呢？——海里！［欲奔走，为药力所摧而重复倒地。］我没有气力了。啊！我的头昏了……他要来了……

德行！德行！我在你这个苦味的名字上寻一点醉意；难道我早已把醉意享受得干干净净了？支撑我的傲气动摇了，坍倒了；我向四处逃散了。“不要飞跃，不要飞跃，”我对他说过，企图在自己的力量以上做的，奈欧浦多伦，这就是所谓德行了。德行……我不再相信它了，奈欧浦多伦。那么听我说，奈欧浦多伦，奈欧浦多伦，世间并没有德行。奈欧浦多伦！……他听不见了[力绝而倒地，随即入睡。]

宇荔士 [登场，见菲洛克但德]现在，让我独自跟他在一起。[奈欧浦多伦受最强的感情所摆布逡巡而不退。]啊！随便到哪里去吧；跑去备船也好。

[奈欧浦多伦下。

宇荔士 [走近菲洛克但德，俯身]菲洛克但德！……你听不见我的声音了，菲洛克但德？——你以后再也听不见我的声音了？——怎么办？我倒想对你说……你把我征服了，菲洛克但德。而且我见识了德行了，现在；我觉得它这样美，以致我在你身边不敢有所动作了。我的本分似乎比你的更残酷，因为它显得不如你的庄严。你的弓……我再不能，我再不愿拿它了，你已经把它献出来了。——奈欧浦多伦是一个孩子：叫他听命吧。啊！来了！[命令语气]现在，奈欧浦多伦，拿弓箭，把它们拿到船上去。

[奈欧浦多伦悲痛地走近菲洛克但德，俯首，随即跪下，吻菲洛克但德额。

宇荔士 我命令你。你卖了我还不够吗？你也想卖你的国家吗？你看他如何尽忠于国家。

[奈欧浦多伦屈服了，取弓箭，引退。

宇荔士　[独自]现在，再见了，菲洛克但德。你很鄙弃我吧？啊，我愿他知道……我愿他知道我觉得他可敬佩……我愿他知道……托他的福，我们胜利了。

奈欧浦多伦　[自远处呼唤]宇荔士！

宇荔士　我来了。

第五幕

菲洛克但德独自一人，在一岩石上，太阳从万里无云的空中升起。海上远处一小船远扬。菲洛克但德引颈长望。

菲洛克但德 ［非常平静地低语］他们不再来了；……他们没有弓可取了……我很幸福。

［他的声音变得非常美而柔和；周围的百花破雪而出；空中的群鸟降下来喂他。

白莎佩[①]

给　路西·岱拉吕·马德吕思夫人

（Mme Lucie Delarue－Mardrus）

---

① 《白莎佩》曾发表于《诗与散文》（Vers et Prose）1908 年 12 月号至 1909 年 3 月号。前两景先曾发表于《隐居》（I' Ermitage）1903 年 1 月及 2 月号。

第一景

大卫，犹太王

约押，大卫王的元帅

［大卫王，半僧半戎装，俯伏在地，念一篇他所抄就的祷告。

大卫　“……哪怕是壮士，也气折；哪怕是年少，也踌躇；惟有信托上帝的……”

［约押上。

你来得太早，约押；我还没有做完祷告。

别做声。——我念到哪里了？……啊！……

“那才不至于动摇。

上帝将借力量与疲倦的人；

翅膀将重新生到他身上像生到鹰身上。”——

我原先想说：“他们的翅膀将重新生起来像那些……”

可是“将重新生到他身上像生到鹰身上”好一点。

你要我怎样？

约押　赫人回来了。

大卫　赫人是谁？他从哪里回来？

约押　从围攻拉巴回来，他带来了那边的情报。

总之这是一个无足道的小卒
而且王上……
大卫　啐！你妒忌他吗，约押？
赫人乌利亚是我手下最骁勇的将士，
我假装不知道，就是为的要听你说谎。
我会忘记谁在迦特打败非利士人的？
谁抵挡他们而保守了巴斯达闵的田野的？
说：谁打死摩押的双狮的？就是他。
谁打死拉法的儿子，那四个巨人的。就是他。
约押　也许……
大卫　且听我说下去：在收割的时候，
在亚杜兰洞里，我苦求而不得清凉；
非利士人屯营在谷中；
伯利恒已经被他们占领了两天。
你知道伯利恒有一道苦泉；
那天我渴慕那里的泉水，
我想喝到它才甘心……
结果是谁闯过敌阵的？
是谁奋不顾身而为我捎来一杯的？
到底是谁呢，你说？
是赫人乌利亚。
你假装忘记了这些事情，约押，也是枉然；

直到坟墓的边上我还记得它们哩。
我不愿叫人家说
为王效劳，毫无益处。
我定要乌利亚在我的桌子上吃饭；
我所有的都是他的。
我在宫里等他；通知他。

［约押向一侍者以手示意，传王命。

他是拿单的朋友，是不是？

约押　先知拿单的朋友，是，陛下。

［约押作欲行状。

大卫　别走。

［王沉默片刻。

我怕先知拿单……你笑吗？
这是因为你还不认识他的力量；
人民都听从他的声音；
我自己，在他面前，就像一个小孩子，不敢做声了；
当他说："神……"人家就以为听见了上帝的声音。
当然，我也听过旁的许多先知讲话；
他们预言了，然后就沉默；
这一位的声音却历久不息。
我愿强迫他缄口。
我的约押，我怕拿单。

一日里总有一刻国王的势力会衰落；
一生里总有一日走路的会觉得疲乏。
我想起我当年的德行，年轻时候的祷告；
那时候与上帝谈话的就是我。
我想起扫罗王……我也像他那样，在我的脚步前，
我开始看见影子逐渐大起来。
现在神所听的不再是我了；
他不再借我的口来说话，
他不再与我谈话……
可是我久已耐不住他的沉默了。
我愿强迫他开口。

像一只饿狗啃一块不剩一丝肉的骨头，
像一个母亲紧搂她已死的孩子，
整夜里我把上帝的名字挤在我的嘴唇上：
在我为祷告而合十的手里
我重温残余的信念来祷告；
可是啊——我听见我上面像有一片翅膀……
那正是灯焰摇颤
灯油点尽的时辰，
这时候正英雄气短，
壮志消沉，

睡眠的醇酒灌醉了多少君多少臣……
我的灵魂却长开警眼；
我等上帝整整地等了一夜。
——我听见我上面像有一阵微风，
轻盈的神灵向我降下了。
神灵，我将怎样称呼你呢?
约押，我看见过鸽子飞绕鸽笼
当它踌躇了一下：我要息下吗?
当它踌躇于栖息的时候。
神灵在我的床上面振翼，
它愈降愈近。
金鸽子，我的手也许就可以抓住你了……
我伸手去探鸟；
于是我跳出去，从一个房间到一个房间去追赶它，
直赶到上通御园的直梯头；
它大起来了；它像雷一样放光，
有时候息一息，——
可是我就猝然的觉得膝头无力，
眼看要抓到手，我的灵魂却失措了，
它又远了；它一级一级地跳去；
我想抓住它而不敢……
你扑到哪里，鸽子，

我就追到哪里……

这是一个小小的屋顶花园，
秘密的，我相信我还不知道呢。
神鸟，突然间，逃入空中；
我突然觉得它带去了我全盘的欲念。
眼看就是天发白，
墙壁发蓝的时候了；
我脚下那些庭园作成许多阴影的深池，
我一对清明的目光，穿过雾霭，向那里投去。
那些庭园是谁的，约押？我不知道。
可是我明白到那里我的王宫是终止了。
我凭倚，因为我还不大看得清
在一所小园的深处动弹的一片白是什么。
我猜雾霭的浓处是一个泉池；
泉水的近旁，一个俯身的人形。
这是一个披纱的女人吗？
一片临水的白翅膀吗？……
不错，那在动弹，那在悸颤如翅膀；
一会儿我满以为重发见我的鸟了；
哪知道突然涌出了太阳逼得我眨了一眼；
当我重张开的时候，我眼花了，

现在再没有什么，只是一个女人在那里。
她已经卸去了白纱；
裸足踩到了水里。
她走进苇丛
直到泉池的正中心。
她更深地进入了我的心。
因为她老是低着头，
她的面孔，我一点也看不见，
她的头发用夜色掩盖了她的肩头；
可是我看见她的腹部在苇叶里悸动；
一朵花似乎开放在
她那分开的双膝之间……
我的心直冒到我的喉头，
它要在一声狂叫里涌出来了……

［被遣去传命与赫人的侍者回来了。

侍仆　陛下，乌利亚吩咐对王上说
大卫　他不来吗？……
侍仆　他说：我倒进王宫吗，
拉巴还没有打下呢……
大卫　好吧，他不愿意来，我去。
走吧，约押。叫他备一席很简单的饭菜，
今晚我要做他的客人。

［约押下。

第二景

大卫

约押

大卫坐着，若有所思。——约押站着，听。

大卫　他住一所小园……

在葡萄架下安排饭菜以待我的桌子是白的。

“看，”他对我说，“我的葡萄藤，多么好的凉阴。”

掩在桌子上的树荫是可爱的；

“我从这架葡萄得来的一点酒，

这里就是，大卫王；这是甜的，尝尝看。”

他的女人，忽然来了，

［她名叫白莎佩，］

低着头，为我斟酒。

我不认识她。

甚至于起初我还不认识那所园子呢。

她，那样打扮了看起来更美了。

头发的暗沉沉的波纹

似乎悸动在她的周围。

她那副陌生的面容上含笑……
可是园子，约押！那所园子，我要怎样说它呢？
它不再像早上那所
涵满了雾霭的：
这是一块幽静的地方……我喝了那杯酒。
我曾经喝过许多种酒了，约押，可是那种酒，
我相信，我早已预先渴慕了很久了；
它降临于我有如一种深湛的幸福；
它充满我的心有如祷告的被采纳。
我觉得腰里的力道重新旺盛了。
白莎佩含笑；园子里充满了阳光。
一切都照耀以乌利亚的爱与幸福。
“你看见我全盘的幸福了，大卫王，”他说，“他是简单的。
它寄存于一所小园的深处；
它寄存于你那些宫墙的僻处。
御风，御寒，你的王宫庇护我
而甚至于并不知道……
我，你手下最微贱的一名，
大卫大王啊，我在你面前算得什么呢？”
“抵挡非利士人，你的力量保护我，”
我对他说，“我在神面前算得什么呢，赫人？

然而我知道你，你，我手下最骁勇的一员，
我从王宫的高处认出了你的园子；
它因早晨的雾霭而发白，发蓝；
太阳刚从那边升起来……
我睡不着，那一夜，
我祷告得沉醉了；
上扶梯的时候，我走一步摔一下；
仿佛还睡着似的，我追赶一个梦，
梦见一只异鸟，
它从一个房间到一个房间去飞奔，
我追赶得累了；
可是显然上帝借它来引导我
直走到那个屋顶花园，
看！可以看见在那边呢。
我重新看见我的鸟在你的园子里，乌利亚，
当太阳一穿透雾霭的时候；
不错，我所追赶的鸟……你笑吗？
它是在那里——来，指点给我看，泉水的近旁；
它分开了芦苇，
在那里，很安详，
是以为不被人看见的，
在荡漾的水中，

它洗澡了……
围攻拉巴，不能分身，你没有法子看见，亲爱的乌利亚，
可是白莎佩也许会看见吧？——”
白莎佩满面绯红，一声不响，
俯临着泉水，让头发
垂到面上
以遮羞或掩笑。
白日早已低沉了；园子涵满了阴影……
“乌利亚，”我说，“为什么你不进宫呢？
莫非拿单……”“我不曾重见到拿单，陛下；
从围攻拉巴回来不曾见到过。
大卫王，大卫王！傲慢的拉巴还没有打下啊！……
我倒在王宫里贪图安息，
而你的人民却在盼待中度日如年！
不！只要战士们，王啊，
一直转辗在城墙的外面，
我的位置就一直在营里，在他们的近旁：
我今晚要回到那边去。”
“再同我们坐一会儿吧，乌利亚；
到拉巴用得着多少时候呢？几个钟头就行了——”
夜早已上来了；我们现在不再说什么话；
天空如此澄清，我们听见泉水的声息，

一片朦胧，环绕在乌利亚的周围，
仿佛是他的幸福的平静的加浓……

可是欲念，约押！欲念进了灵魂
有如一个饥饿的生客。

约押　呃！大卫王！谁阻止你呢？把这个女人娶过来好了。
大卫　不错。我马上就这样办了，约押。

他有一所小园。
我的屋顶花园中最小的也比它大哩！
我手里早就拿满了财富
与幸福，以致不能再多拿一粒，
可是那边那个小幸福
我甘愿为了它把另外的完全扔下……
它是从如此寥寥中得来的，这个幸福！
似乎只消我的手一伸，
一想要它就把它拿到了，
一搁上去就把它占有了……

约押　可是白莎佩呢，陛下？
大卫　不错，白莎佩。唔！我原先以为她更美。
她那样的在他的园子里显得更好，
当她在泉水里赤裸裸洗澡的那一刻。

白莎佩！白莎佩……你是女人吗？你是泉水吗？
我的欲念的朦胧的对象。
约押，当我终于把她抱到了怀里的时候，
你会相信吗，我简直怀疑我所要的是她呢，
或者也许是那个园子呢……
还有那种酒！我喝的那种酒，
从他小小的葡萄树得来的酒！
难道我已经喝尽了他所有的了？我怕如此。
我渴慕的是这种酒，我对你说；
似乎它点触了，似乎一滴一滴地沾润了
我的心坎里干枯的一角。
你该记得：伯利恒的那种水
乌利亚在一个发烧的日子去为我捎来的，
只有它能够解我的渴；另外的都不成：
我渴慕乌利亚的那种幸福
而且要从如此寥寥中得来的……

得，约押！够了，你晓得这是不可能的。
怎么我就不再占有许多呢？
现在把这个女人带回
到赫人的小园里去吧。
如果我只要她，那倒什么都好了；

无奈——而且我知道今晚他要回来了。
他将会发现他全盘的幸福都原封不动，
一如他离开的时候，至少他将以为如此；
因为船在海面上的痕迹，
男人在深湛的女体上的痕迹，
即使上帝，约押，也认不出。
然而，约押。当心被先知拿单知道。

［约押下。

第三景

［宫内同一室。——大卫王独自一人，在夜中。

是你吗，约押！……不。还是没有什么人。
看来我将要独自一人直挨到天明了？
还有这个夜，这个夜将没有尽头了
我已经祷告了上帝；我希望立即睡着；
可是从此以后还有一个睡眠给大卫吗？
我愿祷告上帝；而随即开始梦想了……
白天里肉眼看来是美的动作，
活该你夜里由灵眼重见到呵！
你在刚做了的行为的顶点不能入睡……
而在阴影里把它追思了又追思，

就如同一个瞎子，为的辨认起见，
用手抚摩他所爱的一个死人的面孔。
我将会在那里重找到安息吗？约押！愿上帝为我们免了
多少个既无睡眠又无爱的长夜呵。
一切都预备让我睡觉；一切都沉默，
一切都早已睡着，在我的心里，在天上地上。
我也要睡着了……于是赫人就来了。
他从夜中跳出来，突然的；我简直不认识他；
只有守在我床头的灯照亮他。
他怎样进来的？宫门都关着呀。
他老是站在我面前，不说一句话；也不脱下一口钟。
“乌利亚，”我说，“是你吗？回答我！你为什么来？你
　　来做什么？
你们已经攻克了拉巴了？显然是没有。
我该早就知道……撩起你的一口钟。我看不见你的眼睛。
　　对我讲吧。
那么讲呀！为什么你一动也不动？
谁让你来的？你要我怎样？
你的白莎佩在等你哪。你的位置是在她的床上，她的近旁，
在你的园里。走吧。回到那边去吧。我要睡觉。”

为什么他老是不说一句话呢？

他要我什么呢？礼物吗？他向来不肯受的……
从前甚至于他还不肯喝
我见他不动而伸手递给他的一杯甜酒。
他的现身，在夜中，拖延下去；
我觉得有时候床头的灯似乎要熄灭了，
或者赫人，在阴影里，似乎引退了……
是不是他走了许久才到来了先知
拿单？……啊！我今夜将不睡觉了……
我对你一再说过！拿单是可怕的……
可是约押，现在我得问上帝：人将干嘛呢，
如果他的每一个欲念背后都隐藏了神？
仿佛每一个字都从我自己的心里拔出来似的，
在夜中，拿单开始讲话了……
他说什么呀！我愿把他的话从我的心里抹去呵……
他讲一个穷人，什么也没有，只有一只母羊，
那只母羊，我对你说，是他买来喂养，
看着长大的，睡在他怀里的，他爱的。
“够了，拿单！我晓得；它名叫白莎佩。
住口”——可是他，好像不曾听见我，继续下去：
“穷人的近邻住着一个富户，
他有那么大的财产，
那么多的牲口，以致数也数不清。

一个飘泊的旅客来到了富家……”
“够了，拿单！够了！我认识他就是我的欲念……”
“他饿了。”“我不知道给他吃什么好。”
“于是富户，虽然他有那么多的财产……”
“我所有的没一件能满足我的欲念了。”
“假装眼睛看不见自己的那些财产。
他去找穷人的财产了。”“旅客所要求的就在那里；
别的都不成，我对你说过，都不能满足他。”
我徒然想叫他缄口；
他讲得很响，不下于一位王在屋子里。
“穷人当作全财产的母羊，他把它拿去了。”
“够了，拿单！够了！……你那个富户真该死！”
“穷人当作全财产的母羊，他把它拿去了……”
“做客的欲念所要的甚至于还不在那里呢……
看！他的白莎佩，我已经还了他了。
我要她要连带他那所园子的阴影。
我所要的，是乌利亚的幸福，在如此简单的
那些东西之间，他为了侍候我而让……
我，我真愿追悔，可是我干了什么？
我动念的时候，白莎佩
转到了我的眼前，我就只看见她了，
可是现在……”是你吗，约押？

[约押上，笔直地站着，在暗里，在门前，不说话。

不错是你。

终于来了！我等你就像等天明。

你是从拉巴回来？赫人跟你一同回来了吗？

城已经打下了吗？没有。否则你早就对我讲了。

你在那边干了什么？我的命令你都奉行了没有？

我没有对你说过吗……乌利亚居勇士之列；

勇冠三军，他该配置在最前线……

你不说什么……你没有使他挨近城墙吗？

太近了……然后，你们全军退却，抛下了他……

别做声，约押！这种种就是神也不该听见的，

我不该知道它，为的怕永远忘不了它……

不要说！不要说！说他睡在他的园子里，在他的葡萄树近旁吧！

[晓色渐次透入宫中，隐约照见约押，并显出其后一披黑纱女人。

你背后带来了什么，在暗影里，身穿丧服的？……

白莎佩！……

走吧！带她回去！我已经告诉你我不愿再看见她了……

我讨厌她！

浪子回家[1]

给　阿特·方丹(Arthur Fontaine)

---

① 《浪子回家》最初发表于《诗与散文》(Vers et Prose)1907 年 3 月至 5 月号。

我在这儿，为私心的快慰，有如古人描绘在三联图里，描画了救世主耶稣基督给我们讲的这一篇寓言。混乱了两重鼓舞我的感兴，我并不想表彰任何神明对于我的胜利——也不想表彰我自己的胜利。然而，若读者问我要虔诚，也许在我的书中不至于找不到：在那儿，像一个施主在图角上，我跪着，学浪子的模样，同时也像他一样地一边含笑，一边挂一脸眼泪。

浪　子

久别以后，厌倦了幻想，厌弃了自己，浪子在这种自寻的贫困中沉沦，想起了父亲的面孔，想起了那个并不小的房间，从前母亲常去凭倚在他的床头的，想起了那个流水贯注的园子，终年紧闭，从前老想逃出来的，想起了从来不爱的节俭的哥哥，他倒把浪子不能挥霍的那部分财产还保留下来呢——浪子自认他并未找到幸福，甚至于也无法再延长这种在幸福以外追寻的陶醉。“啊！”他想，“如果父亲原先生我气，以为我死了，也许，不管我罪孽深重，重见我就会快乐吧；啊！卑下地走到他身边去，头低着，罩满着灰土，跪在他面前，对他这样说：‘父亲，我作了孽，违逆了天也违逆了你，’我怎么办呢，要是他用手把我扶起来，对我说：‘进来吧，孩子？’……”而浪子早已虔诚地上路了。

走出山来，他终于认出了家屋的灯顶，时已傍晚了；可是他要等夜来把他的可怜相遮住一点儿。他从远处听出了父亲的声音；两膝打战了；他倒下地来，用手把面孔掩住了，因为他有失体面，自觉可耻，明知道他倒是正出的儿子。他饿了；他只有，放在破大氅的褶缝里，一把甜橡实，他久已像他畜养的猪一样，用来充饥了。他看见他们预备晚饭。他认清母亲走到石阶上来了……他不再停顿在那儿了，直跑下山去，走到院子里，引起了犬吠，畜生不认识他了。他想告诉仆人，可是他们不相信，走开了，去报告主人；他来了。

无疑的，他一向在等着浪子呢，因为他一看就认识了。他张开两臂；于是浪子跪在他面前，用胳臂遮脸，举右手，对他呼号：

“父亲！父亲！我作了大孽，违逆了天也违逆了你；我再也不配你叫我作儿子了；可是至少，当作你的仆人吧，仆人中最末一个吧，在家里的一角，让我过活……”

父亲把他扶起来抱住了：

“孩子！祝福你回到我身边来的这一天！”他的快乐，溢出了心头，哭了；他从他刚在吻的儿子的额上抬起头来，转过去对仆人说：

“拿最好的衣服来；给他穿鞋子，给他戴一只珍贵的戒指。到牛栏里去挑一头最肥的小牛来，把它宰了；预备一个欢乐的宴会；因为我以为死了的孩子还活着哩。”

消息传开了，他跑来跑去；他不让别人去报告：

“娘，我们哭的儿子回来了。”

全家人的欢乐涌起来像一支歌，闹得长子不安。他出席合家宴：那是因为父亲请他去，逼得他没有法子。满桌的客人，因为连最低微的仆人都请去了，只有他板着一副生气的面孔：对忏悔的罪人，为什么比对他自己，对从未犯罪的他，还要优待呢？他不尚爱，尚常道。他肯出席，那是因为，看在弟弟的面上，且给他一夜的快乐；那是因为父母已经答应他明天申斥浪子，他自己也预备好好地教训他一顿。

火炬熏天，食事完备了，仆人打扫过了。现在，在没有半丝儿风起的夜里，阖宅疲倦了，一个一个都睡去了。然而，在浪子隔壁的房间里，我知道有一个孩子，浪子的弟弟，一夜到天亮，总是睡不着。

父亲的责备

上帝，像一个孩子我今天跪在你面前，挂一脸眼泪。我把你警世的喻言记起了抄在这儿，那是因为我知道你的浪子是怎样一种人；那是因为我从他的身上看出了我自己；那是因为我从我自己的心里听出了，有时候暗地里背诵着，你叫他在苦海底里喊出来的这句话：

“我父亲有多少的雇工，口粮有余，我倒在这儿饿死吗！”

我想像到父亲的拥抱；受那样一种爱的暖热，我的心都融化了。我甚至于想像到原先的苦恼；啊！我想像到人们所要求的一切。我相信那种种；我就是那个人，他的心跳着，当他走出山来重见久别后家屋的蓝顶。那么我还等什么呢，不一直奔向家去；不进去？——他们在等我呢。我早已看到了他们准备的肥牛犊……停一停！别那么赶开酒筵吧！——浪子，我想起你来了，先给我讲，迎归宴以后，第二天，父亲对你说什么。啊！任凭是长子教唆的，父亲，我愿不时从这些话里听出你的声音来！

“孩子，你当初为什么离开我？”

“我当真离开过你吗？父亲，你不是到处都在吗？我始终爱你，从没有忘掉过啊。”

“别强辩，我有家安置你。为了你才立的家。为了让你的灵魂得到托庇，得到合适的逸乐，得到安适，得到正务，一代代辛苦下来了。你是后嗣，你是儿子，你为何逃出家去呢？”

“因为家关住我。家，不是你，父亲。”

“这是我立的，而且是为了你。”

“啊！这不是你说的，是哥哥说的话。你，你造世界，造家和家以外的一切。家是别人造的，你负了名义，我知道，别人动了手。”

“人总需要屋顶遮头。狂妄之至！你以为可以露天睡觉吗？”

“有什么狂妄呢？许多比我穷的人就那样过下来了。”

“那是穷人。穷，你并不，谁也不能抛弃财富的。我曾经使你出人头地，成为富人。”

“父亲，你知道得清清楚楚的，我当初离家的时候，我把我的财宝能带的都带走了。不能带的财产于我何用呢？”

“所有你带走的财产，你都胡乱地浪费了。”

“我把你的黄金换欢乐，把你的训诫换幻想，把我的纯洁换诗，把我的庄严换欲望。”

“难道就为了这样，你节俭的父母才尽力传授给你这许多德行吗？”

“为了让我受一种更美的火焰来烧灼吧，也许是，一种新的狂热把我点着了。”

“想想摩西在圣树丛里看见的那种纯洁的火焰吧：它发光而不燃烧。”①

---

① 《旧约·出埃及记》第三章：“耶和华的使者从荆棘里火焰中向摩西显现，摩西观看，不料荆棘被火烧着，却没有烧毁。” ——译者注

“我见识过燃烧的爱。”

“我倒想教给你清凉的爱哩。你看，一转眼完了，给你留下了什么呢，浪子？”

“这些欢乐的记忆。”

“以及欢乐后接上来的贫困。”

“在贫困中，我觉得接近你了，父亲。”

“那么是困苦把你逼上我这儿来了。”

“我不知道；我不知道。倒是在沙漠的干燥中我最爱口渴呢。”

“你的困苦使你更觉得财富可贵了。”

“不，满不是！你听不懂我的话吗，父亲？我的心，什么都空了，只装满了爱。用了我所有的财产，我买了狂热。”

“那么你远隔了我幸福吗？”

“我不曾觉得远隔了你啊。”

“那么是什么东西催你回来的？说。”

“我不知道。也许是懒吧。”

“懒，孩子！怎么！倒不是爱。”

“父亲，我告诉过你了，我从没有比在沙漠里更觉得爱你呢。可是我倦了，每朝都倦于觅食了。在家里，至少吃得好。”

“对了，家里有仆人侍奉。这样看来，引你回来的倒是饥饿了。”

“也许还有卑怯，疾病……那种朝不保夕的食物到底使我一天天弱下来了；因为我吃野果，吃蝗虫，吃蜜。不安的生活，当初倒激动了我的狂热，我越过越坏了。夜里，当我受寒了，我就想起我父亲家里有床给我铺好呢；当我断食了，我就想起我父亲家里有丰富的肴馔总保我吃不尽呢。我屈服了；再挣扎下去，我觉得再也没有勇气，没有气力了，然而……”

“那么你就觉得过冬发胖的小牛好了。”

浪子呜咽着，将面孔直扑到地上：

“父亲！父亲！甜橡实的野味，不管怎样，还留在我的嘴里呢。没有什么东西会盖住那种味。”

“可怜的孩子！”父亲一边把他扶起来，一边对他说，“我也许对你说得太凶了。你的哥哥要这样的；这儿是他做主，他要我对你说：‘你在家以外，永远不会得救。’可是听我说：是我造你的；你心里有什么，我都知道。我知道什么东西催你出门的；我是在前头等你。你该叫我啊……我在那儿呢。”

“父亲！那么我不回来也可以找到你了？”

“如果你觉得没有气力了，你自然可以回来了。现在去吧；到我给你预备好的房间里去吧。今天够了；你休息吧；明天跟你的哥哥再谈。”

哥哥的责备

浪子开头就从高处下手。

“大哥，”他开口了，“我们两个人不大相同，哥哥，我们两个人不相同。”

哥哥：

“这是你的错。”

“为什么是我的？”

“因为我是合乎常道的；一切出乎常道的都是狂妄的果或种子。”

“我能有的特点都是缺点么？”

“只有引你回常道的可称为德行，其他一切，都应当克制。”

“我就怕这种戕害呀。这些受诸父母的你也想扑灭。”

“呃！不是扑灭，是克制，我已经说过了。”

“我听得很清楚。反正是一样的，我已经克制了我的德行了。”

“也就是因此我重新发见它们了。你得把它们发扬光大。你得听懂我的话：我的意思不是要你低降，是要你上进；你肉体上和你精神上最不相同，最不受约束的元素都得谐和的联合起来，坏的得培养好的，好的得受制于……”

“这种上进也就是我寻找的，也就是我在沙漠要找到的——也许和你要我做的没有什么不同。”

“老实说，我倒想非要你那样做不可哩。”

“父亲倒没有说得这么凶。”

“我知道父亲对你说什么。那是含糊的。他自己再也说不明白了；因此谁叫他说什么，就说什么。可是我懂他的意思。在仆人中我是传话人，谁想懂父亲的意思就得听我的话。”

“没有你，我也很容易听懂。”

“你自以为听懂罢；可是实在听不懂。解释‘父亲’的意思不该有几种解释法；听他的话不该有几种听法。爱他不该有几种爱法；这样一来，我们才可以联合在他的爱中。”

“在他的‘家’中。”

“这种爱引我们向家中；你很知道的，因为你毕竟回来了，告诉我，现在，是什么东西引你离家的？”

“我老觉得‘家’不是全宇宙。我自己呢，我并不完全如你所盼望的那样一种人。我不由自主地想像另外的文化，另外的地方，想到许多路可以走，许多路没有人踩过；我想像我身上觉得有一个新生命跳出来了。我就逃走了。”

“想想看，如果我像你一样的抛弃了父亲的家，那会弄到什么地步呢。仆人和盗贼一定把我们的财产都抢完了。”

“那于我也没有多大关系，因为我瞥见了旁的财产……”

“你妄自夸张罢了。弟弟，无规律状态的确有过。人是从怎样一种混沌中出来的，你不妨领教领教，如果你还不知道。他出来得不好；带一身原始的重量，只要神灵一放手，不再提起来，他就重新掉下去了。你不要以己身作试验：组成你的各种安排得很好的成分，专等你一放纵，一松，就归于无主状态了……可是这一点你永远不知道，就是人造就人，要经过多长的时间。现在模型已经得到了，我们就得保护好。‘你要持守你所有的。’圣灵对教会的使者说，[①]他接着又说：‘免得人夺去你的冠冕。’你所有的，就是你的冕冠，就是这个在他人上亦在自己上的皇权。你的冠冕，篡夺者伺候着；他到处都在；他巡行在你的周围，你的身上。持守吧，弟弟！持守吧。”

“我早已放手了；我不能再握住我的财产了。”

“能，能；我帮助你。你不在家，我已经给你把这份财产看守住了。”

“还有圣灵的这句话，我也知道；你没有引全。”

“的确，接下去是这样：‘得胜的，我要叫他在上帝殿中作柱子，他也必不再从那里出去。’”

“‘必不再从那里出去。’我就怕这一点。”

“要是为他的幸福起见呢？”

“啊！我知道。可是这个殿里，我却在过……”

“你出去以后一定觉得不好，既然你又愿意回来了。”

“我知道，我知道。我现在是回来了，我承认。”

“你在外边能找到的财产，这儿哪一件不有余呢！或者竟可说：只有在这儿是你的财产。”

“我知道你给我保守了一些财富。”

① 见《新约·启示录》第三章第十一节。

“你所不能浪费的那一份财产，这就是说，我们公共的，我们大家的那一份：地产。”

“那么我自己的就一点也没有了？”

“有；一份特别的资产，父亲也许还肯传给你。”

“我就要那一份；我只愿意要那一份。”

“狂妄之至！谁也不会问你愿意不愿意。在我们中间不妨说，这一份财产是靠不住的；我倒想劝你放弃它。那一份个人的资产，就是它毁了你；就是你一下子浪费了的财产。”

“另外的我不能带走。”

“你回来看还是原封不动，今天够了。享受家里的安息吧。”

“那很好，因为我疲倦了。”

“那么，祝福你的疲倦！现在去睡觉吧。明天母亲跟你再谈。”

母　亲

浪子，你听了哥哥的一席话，精神还反抗，现在让心来说话吧，这于你是多么舒服啊，伏在坐着的母亲的脚下，面孔藏在她的两膝间，感觉她爱抚的手抑下了你倔强的颈背。

“为什么你离开我那么久？”

当你只用眼泪来回答的时候：

“现在为什么哭呢，孩子？你已经回到我这里来了。我等你，眼泪都洒完了。”

“你还等我？”

“我盼你，从没有忘掉过。每夜临睡觉，我总想：要是他今夜回来了，他会开门吗？我总要很晚才睡着。每早，还没有完全醒呢，我就想：今天他不会回来吗？我就祈祷。我祈祷了不知多少次，你终于回来了。”

“你的祈祷逼了我回来。”

“别笑我，好孩子。”

“母亲啊！我很卑下地回到你身边来了。看我把面孔低到你的心底下呢！我昨天的念头，到今天没有一个不觉得空了。在你身边，我简直不懂当初为什么离家。”

“你不再出去了？”

“我再不能出去了。”

“那么当初是什么东西引了你出外呢？”

“我不愿意再想它了：没有什么东西……我自己。”

“那么你从前以为远离了我们幸福吗？”

“我并不想追寻幸福。”

“你追寻什么呢？”

“我追寻……我是谁。”

“啊！你是你父母的儿子，你弟兄的弟兄。”

“我不像我的弟兄。别再讲吧；反正我现在是回来了。”

"不；还谈谈看：别以为你的弟兄跟你那么不同吧。"

"此后我惟一的心念就是学你们。"

"你说这句话，好像有几分不得已。"

"没有比实行立异更使人易倦了。那个旅程终叫我走倦了。"

"你老了许多了，真的。"

"我受了许多苦。"

"可怜的孩子！一定的，你在外边每夜都没有人给你铺床，每饭也没有人给你排桌子吧？"

"我找到什么，就吃什么，往往只有生的或烂的水果充饥。"

"你至多不过挨饿吧？"

"正午的太阳光，夜心的冷风，沙漠上不定的沙子，刺得我脚上流血的荆棘，这一切全不能拦阻我，可是——我没有对哥说——我还得服侍……"

"为什么早不说呢？"

"许多坏主人，他们蹂躏我的身体，激我的狂妄，简直不给我什么东西吃。到那时候我就想：啊！为服侍而服侍！……在梦里我重见到家了；我就回来了。"

浪子重新低下了被母亲抚摩的面孔。

"现在你要做什么呢？"

"我对你说过了：我想尽力学大哥；管理家产；像他一样

的娶一个女人……”

“一定的，你想到谁了，告诉我吧。”

“啊！不管哪一个都好，随你挑。你从前给哥哥怎样办，就给我怎样办吧。”

“我倒想依你的心来挑呢。”

“有什么要紧呢？我的心挑过了。我放弃从前带了我远离你们的狂妄。指导我选择吧。我服从，我对你说。我将同样要我的孩子也服从，我的企图也就不再像从前那样的不着边际了。”

“听我说，现在有一个孩子你早就可以管了。”

“你说什么，你讲谁呢？”

“讲你的弟弟，你离家的时候他还不满十岁，你不大认识他了，他却……”

“讲吧，母亲；你为什么不安呢，现在？”

“在他身上你却可以认出你自己来，因为他和你离家的时候完全一样。”

“像我？”

“像你从前一样，我对你说，可惜唉！还不像你现在一样变过来。”

“愿他将他变过来。”

“但愿马上叫他变过来。你跟他谈谈去：他一定会听你的，你这浪子。好好地告诉他路上有多少的艰难；免了他……”

“可是什么事弄得你为了弟弟这样惊恐呢？也许不过是面貌相似罢了……”

“不，不；你们两兄弟的相似点不在表面上。我现在为了他不安，比从前为了你更不安呢。他太好读书，又不常读好书。”

“就不过如此吗？”

“他常常爬到花园最高的地方，从那儿，你知道，望过墙头去，望得见四乡。”

“我记得。就如此吗？”

“他跟我们在一起，远不如在田里的时候多。”

“啊！他在那儿做什么呢？”

“倒也不做什么歹事。可是他常常去找的并不是农夫，倒是最远的流氓，以及外乡人。尤其是那一个从远方来的，给他讲故事的。”

“啊！那个牧猪人。”

“对了。你认识他吗？……听他讲故事，你的弟弟每晚都跟他到猪圈去；他只回来吃饭，也没有胃口，衣服上满是臭气。告诫也没有用；倔强得很，管也管不住。有几个早上，天刚亮，我们谁也没有起来哩，他就跑去看那个牧猪人出去放猪，直跟到大门口。”

“他，他知道不应该出去的。”

“你从前也知道的！总有一天他会逃开我的，我相信。总有一天他会走的……”

“不会的，我跟他谈谈去，母亲。你不用怕。”

“你的话，我知道他会听的。第一晚你看见他怎样看你吗？你的破衣服上罩了何等大的魔力呵！接着又罩上了父亲给你穿的紫袍子。我怕他心目中把这一种和那一种混淆了，而且怕引诱他的还是原先那破衣服吧。可是这种猜想现在我觉得太过了；总之，如果你，好孩子，预料到那许多艰难，你一定不离开我们了，是不是？”

“我再也不知道当初我怎么会离开你，母亲。”

“呃，很好！这一切，都告诉他吧。”

“这一切，我明晚都告诉他。现在在我的额上吻一吻吧，像我小时候你看我睡觉一样。我困了。”

“去睡觉吧。我去给你们都祈祷一下。”

和弟弟的谈话

这是，在浪子隔壁，一个并不小，四壁光光的房间。浪子，手里拿着灯，走过床边去，他的弟弟正躺在床上，脸对着墙壁。他开口了，声音低低的，怕孩子睡着了，这样才不至于闹醒他。

“我想跟你谈谈，弟弟。”

“谁教你不谈呢？”

“我以为你睡着了。”

“不睡觉也可以做梦。”

“你原来在做梦呵；那么梦到什么呢？”

“与你何涉！既然我自己都不懂我的梦，我想你更不能给我解释了。”

“那么它们是很不可捉摸了？要是你讲给我听，我倒想试试看。”

“你的梦呢，难道是你自己选择的吗？我的却只能由它们做主，比我自己还自由……你来干什么呢？为什么搅醒我呢？”

“你没有睡着，我来轻轻地跟你谈谈。”

“你有什么话跟我谈呢？”

“没有什么了，要是你用这种语气。”

“那么再见。”

浪子走到门口去，可是把不过微微地照亮房间的那盏灯放在地上，于是，走回来，坐在床沿上，在朦胧里慢慢地抚摩孩子那翻过去的面孔。

“你回答我的话，比我从来回答哥哥的话还要凶。然而我从前也反对他。”

倔强的孩子突然直翻起身来了。

“说吧：是大哥叫你来的吗？”

“不是，小弟弟；不是他，是母亲。”

“啊！你自己倒不会来。”

“可是我来是为朋友。”

翻起身来，孩子一眼瞧住了浪子。

“在我的亲人中怎么会还有人是我的朋友呢？”

“你误解大哥了……”

“别对我讲他吧！我恨他……我讨厌他极了，一提他我就忍耐不住。他就是使我对你说气话的原因。”

“怎么会这样呢？”

“你不会明白。”

“然而讲讲看……”

浪子把弟弟抱过身边来，而孩子也早已软化了：

“你回来那一晚，我睡不成觉。整夜我想着：我另外还有一个哥哥，我却不知道……就为了这个，我的心才那么厉害的跳着，当我在院子里看见你走进来，满身罩满了光彩。”

“唉！我那时候是罩着破衣服呀。”

“是的，我看见的；可是早就神采奕奕了。我又看见父亲做什么了：他给你戴一只戒指，大哥没有的戒指。我不想向谁问你的底细；我只知道你是从很远的地方来，你的眼睛，在酒筵上……”

“你在场吗？”

“噢！我知道你没有看见我；你始终望着远处，什么也没有看见。第二晚你跟父亲谈话，那还好，可是第三晚……”

“讲吧。”

“啊！即使单是一句亲爱的话，你也可以对我说呀！”

“那么你等我了？”

“等死我了！你以为我本来就讨厌大哥到这个地步吗，如果你那一晚不跟他谈，不跟他谈得那么久？你那时候有什么话说呢？你明白，如果你像我，你就跟他没有什么共同点了。”

“我曾经犯了大过失，违逆了他。”

“会这样吗？”

“至少违逆了父母。你知道我曾经从家里逃出去过的。”

“是的，我知道的。那是多年以前了，是不是？”

“那时候差不多跟你一样大年纪。”

“啊！……这就是你所谓过失了？”

“对了，这就是我的过失，我的罪孽。”

“你走的时候就觉得不好吗？”

“不，倒觉得我应该走呢。”

“后来出了什么事了，竟把你当初的真理改成了谬误？”

“我受了许多艰苦。”

“就为了这一点你才说：我犯了过失了？”

“不，不确是：就为了这一点我才反省了。”

“那么你以前就没有反省过？”

“不，反省过，可是软弱的理智由欲望摆布了。”

“就像后来由痛苦摆布了。以至于今日你回头了……屈服了。”

“不，不确是；不得已罢了。”

“你终于放弃了那种生活，你从前倒愿意过的。”

“我的狂妄劝我过的。”

孩子停了一会儿，不作声，于是突然呜咽哭泣起来了：

“哥哥！我就像你离家的时候一样。噢！说吧，那么你在路上只碰到欺骗的东西吗？那么我预料到外边和这儿不同的一切都是海市蜃楼吗？我心里感觉到新的一切都是痴心妄想吗？说吧，你在路上碰到了什么灰心事了？噢！什么事催你回来的？”

“我一向追寻的自由，失去了；变成了俘虏，我得服事。”

“我在这儿也是俘虏。”

“唔，可是服侍坏主人呢；在这儿，你服侍的毕竟是父母。”

“啊！为服侍而服侍，难道连选择主人的自由也没有吗？”

“我从前也希望过。看我的脚能带我多远，我就走多远，像扫罗寻他的驴子[①]，我寻我的欲望；可是他找到王国，我却

---

① 《旧约·撒母耳记》上篇第九章第十章讲扫罗为父亲寻驴子，走了许多地方，找不着。后来找先知撒母耳问路，撒母耳已先得耶和华指示，立扫罗为以色列人的国王。 ——译者注

寻到苦难。然而……”

“莫非你迷了路了？”

“我是一直向前走的。”

“你敢自信吗？然而还有旁的王国，还有无王的国土，你可以发现呢。”

“谁告诉你的？”

“我知道的。我感觉到的。我仿佛早已在那儿统治了。”

“狂妄之至！”

“啊！啊！这是大哥对你说的话。为什么，你，现在你又对我说呢？怎么你不保留这个狂妄呢！那你就不会回来了。”

“那我就不会认识你了。”

“不至于，不至于，那边，在那边我可以会你，你可以认出我是你的弟弟；我甚至于还觉得，就为了找你，我现在要走呢。”

“你现在要走吗？”

“你不了解吗？你自己不鼓励我走吗？”

“我倒想免你一归；可是先得免你一走呢。”

“不，不，不要对我说这种话；不，你也不愿意说这种话的。你自己也是这样的，是不是，你从前走的时候，也像一个出征的人吧。”

“而这也就使我更觉得服侍难忍受了。”

“那么你为什么屈服呢？是不是你早已这样疲倦了。”

“不，还不是；可是我怀疑了。”

“你说什么？”

“怀疑一切，怀疑我自己；我想歇足，想归附一方了；这个主人所许我的安适把我引诱来了……唔，我现在感觉得很亲切；我完了。”

浪子垂下了头，用手掩住了眼睛。

“可是当初呢？”

“我长年累月地走过，野蛮的大地。”

“沙漠？”

“不完全是沙漠。”

“你在那儿找什么！”

“我自己也闹不清楚了。”

“你站起来吧。看床头桌子上，那边，那本撕破的书旁边。”

“我看见一只开了口的石榴。”

“这是那一晚牧猪人带给我的，那一次他出去了三天。”

“对了，这是一只野石榴。”

“我知道，它是酸得有点儿可怕的；然而我觉得，如果我渴极了，我会咬它吃的。”

“啊！现在我可以告诉你了：我在沙漠里就是找这种口渴。”

“这种口渴非吃这种不甜的水果不能解……”

“不；越吃越喜欢这种口渴。”

“你知道它是在什么地方采来的？”

“这是在一个荒废的果树园里，到那里近黄昏了，四周再没有园墙隔开沙漠了。那里有一条小溪流过；有一些半熟的水果挂在枝头上。”

“什么水果呢？”

“跟我们园子里的一样，不过是野的。那边成天都很热。”

“听我说，你知道我今晚为什么等你？不等今夜完了我就要出去呢。今夜；今夜，不等天发白了……我已经束好腰了，今夜我已经藏好草鞋了。”

“什么！我不能干的，你倒要干了？……”

“你给我开了路，想到你，我就会有勇气。”

“我应该敬佩你；你倒应该忘掉我。你带什么东西呢？”

“你知道的，我是小儿子，没有什么家产承继的。我出去，什么也不带。”

“倒是这样好。”

“你从窗口看到什么了？”

“我们先人睡在那儿的园子。”

“哥哥……”（孩子从床上站起来，用了变得和声音一样温柔的胳臂，围住了浪子的脖子）“跟我一块儿走吧。”

“留下我吧！留下我吧！留下我来安慰母亲吧。没有我，你一定更勇敢。现在是时候了。天发白了。一声不响地走吧。来！吻我一吻吧，弟弟：你带走了我一切的希望。勇敢点；忘掉我们；忘掉我。但愿你不至于回来……慢慢地走下去。我拿灯……”

“啊！握我的手，一直到大门。”

“留心石阶……”

图书在版编目(CIP)数据

浪子回家集 / (法) 纪德(Gide, A.)著;卞之琳译.
—上海:上海译文出版社,2012.6(2024.1 重印)
(译文经典)
ISBN 978-7-5327-5732-9

Ⅰ.①浪… Ⅱ.①纪… ②卞… Ⅲ.①散文集-法国-现代 Ⅳ.①I565.65

中国版本图书馆 CIP 数据核字(2012)第 028030 号

André Gide
Le Retour de l'Enfant Prodigue

浪子回家集
〔法〕纪德 著 卞之琳 译
责任编辑/冯 涛 装帧设计/张志全工作室

上海译文出版社有限公司出版、发行
网址:www.yiwen.com.cn
201101 上海市闵行区号景路 159 弄 B 座
山东临沂新华印刷物流集团有限责任公司印刷

开本 787×1092 1/32 印张 5 插页 5 字数 57,000
2012 年 6 月第 1 版 2024 年 1 月第 3 次印刷
印数:8,001—10,000 册

ISBN 978-7-5327-5732-9/I·3384
定价:36.00 元